謊畫

THE BURNT ORANGE HERESY

Charles Willeford

查爾斯・威爾佛德————著　吳宗璘————譯

獻給偉大的賈克・德比厄呂（一八八六年－一九七〇年）
寄予無盡的懷念

萬物皆空。
如果真有存在的事物，定是難以捉摸，
就算是得以捉摸的事物，
定是無法言傳。

——高爾吉亞

序言

勞倫斯・卜洛克

查爾斯・威爾佛德是美國本土作家，作品風格獨樹一幟。他的霍克・莫賽禮系列的四本邁阿密小說，是他唯一在市場上略有斬獲的系列作，所以把他與其他南佛羅里達州的作家歸類在一起，也算是理所當然。有許多作家住在那裡，自然也把作品的背景設定在當地，那裡有許多作者，就像是威爾佛德一樣，以相當獨特的方式觀察世界，這一點毋庸置疑。大家會聯想到卡爾・希亞森（Carl Hiaasen）、藍迪・韋恩・懷特（Randy Wayne White）、提姆・多西（Tim Dorsey）、詹姆斯・W・霍爾（James W.Hall），還有偶爾南移短居的底特律作家埃爾莫爾・倫納德（Elmore Leonard）——還有，再早一點點的約翰・D・麥克唐納（John D. MacDonald）。

我不認識他們——叫我再想出十幾位類似背景的作者，一點也不難——而這些人組成了犯罪小說的陽光州學派，或者，陽光的能量多少為他們的作品注入了豐沛活力。選擇作家這一行，固然是不切實際，但關於其他方面，倒也未必那麼不食人間煙火，大家都喜歡遷移到有好天氣、稅負低的地方。

大約是三十多年前，我自己也曾經搬到過佛州，我與太太落腳在面向墨西哥灣的麥爾茲堡海灘，住在某間大房子裡面。到達的第一天，我從後門出去，一路走到水岸邊，左轉，然後又走了八百公尺左右，掉頭回家。第二天，我右轉，前進了八百公尺左右，轉身回去。

第三天，我想不出該做什麼事才好。

所以，佛羅里達州不太適合我們，兩年之後，我們又回到了紐約，顯然那裡才是我們的歸屬之地。不過，我們當初南下的時候，抱持了高度期盼，當我心中依然充滿希望的時候，我發現自己一直在思索，到了這個新地方、會寫出什麼樣的小說？將未來作品的場景設定在佛羅里達州，再自然不過了吧？

沒辦法，我後來發現，真的行不通。因為我對於當地居民的生活樣貌完全沒有直覺感應，但我在紐約市的確有這種直覺，我的這種感應能力可能很精確，也許不是，但對小說來說倒是不成問題。我想，我在書寫佛羅里達州角色的時候，不可能有我下筆描繪紐約人物的那種韻致。

要是我當初停下腳步，仔細思考這番啟示的整體意涵，我們也許可以省下一些時間，在第二天就直接搬回紐約。如今，經過多年之後，我終於寫出了《深藍眼眸女孩》，這部犯罪小說的設定背景是位於佛羅里達州南中區，某個虛構地點，加拉定郡。但這真的不重要，我想要向諸位介紹的是查爾斯．威爾佛德這個人。

他在一九一九年出生於阿肯色州的小岩城，三年後搬到了洛杉磯。十三歲那一年，雙親皆死於肺結核，自此無依無靠，四處偷偷搭火車流浪長達一年之久，十六歲的時候，他謊報年紀從軍，一九三九年時又再次加入騎兵隊，於二次大戰時在歐洲打仗，還贏得了榮譽獎章。

威爾佛德的浪人青少年生涯與從軍歲月實在精采，他也在自己的兩本回憶錄當中生動描繪了這兩段過往，《我在尋覓某條街》以及《關於士兵的一二三事》。

他繼續從軍，包括了戰後再次加入陸軍，還在空軍出了兩次任務，軍旅生涯一直到一九五六年末才正式結束。他當時已經出了三本小說、一本詩集，而且也開啟了學術生涯，首先是法國的比亞里茲美國大學，然後在秘魯利馬的某間大學註冊為研究生，後來校方才發現他沒有大學學位——甚至連高中文憑也沒有。

這不就像是他某本小說裡會出現的情節嗎？他終於從空軍引退之後，履歷表又多了專業拳擊手、演員、廣播電台主持人、馬匹訓練師的經歷，這不就像是會在他的作者簡介裡、或是諧擬其背景的文章裡會見到的段落嗎？

查爾斯・威爾佛德的前四十年奠下基礎，後半生過著學者生涯，各位應該也不會覺得奇怪了。他在某家佛羅里達州的專科學校取得副學士學位，然後在邁阿密大學拿了學士與碩士學位。（他的論文主題是文學中的恐懼，涵蓋的作家包括了杜斯妥也夫斯基、卡夫卡、貝克特、切斯特．希姆斯、索爾．貝婁，在他過世的前一年，論文以《醜陋之新形式》的書名出版問世。）

他在邁阿密教了兩年書，然後又轉戰邁阿密－戴德社區大學，受聘為副教授，長達十五年之久。他為《邁阿密前鋒報》擔任書評多年；先前，在亞佛烈德．希區考克的《謎團雜誌》還沒有被戴維斯出版集團收購的時候，辦公室在南佛州，還沒有遷到紐約，他也擔任過助理編輯。

在這段期間，他依然勤於筆耕，只不過，有時候需要過個好幾年才會生出下一本書。他早期的大部分作品恐怕都是會被稱之為在上個世紀中期、為了三流出版社所寫的情色作品。願意與那種圈子夾纏的作家並不多，我正好也是其中之一，這並不是什麼秘密，不過，就我所知，查爾斯．威爾佛德獨樹一格，自己所有的著作都放了真名，完全不管是哪一種類型或是出版社。

好，現在回首過往，應該就能參透箇中原因。他的每一本書都是精心傑作，而且他所書寫的一切體現了他的性格，所以為什麼不能冠上自己的姓名？

哦，這傢伙實在很不一樣……

比方說，威爾佛德曾經寫過一部以不同種族混婚為主題的小說，名為《史普林傑弟兄的黑色彌撒》，出版商詢問他是否有更精簡的書名，他的建議是《黑鬼戀人》，而出版商最後定名為《甜蜜女孩》。

比方說，當霍克·莫賽禮系列的第一本作品《邁阿密特別行動》為他帶來空前佳績之後，出版商希望他可以寫續集。威爾佛德十分抗拒，刻意自暴自棄，交出的成品是這樣的：主角霍克冷靜殺光了自己十多歲的女兒們，準備要在某個監牢裡默默度過餘生。出版商雙手一攤——我猜他的午餐也吃不下去了——最後，威爾佛德回復理智，收回了那部作品，讓霍克在《死者新希望》、《側擊》、《我們》等作品中繼續辦案，大受歡迎，作者自己卻沒有同享榮光。

的確是個很不一樣的人，而且，他的偉大作品影響了一整個作家世代，範圍遠遠超過了佛州之外。無論你是第一次或是第五十次閱讀他的作品，我都十分羨慕，你可以盡情享受一場豐盛的饗宴。

第一部

萬物皆空

1

兩個小時之前，鐵路快遞將剛出版的《國際精緻藝術百科全書》板條箱送到我位於棕櫚灘的公寓。我簽了名，將空調溫度調高華氏三度，在廚房裡找到榔頭，敲開木條。二十四本美麗的硬麻布裝幀書，薄脆紙頁加毛邊設計。歷經六年的辛苦籌備，超過兩千五百張插圖——四百三十六張全彩圖——而且每一張都配有考據詳實的文章，署名的撰稿人都是在藝術史專門領域的著名權威。

有兩篇是我的文章。而我的名字，詹姆斯．費格瑞斯，也出現在另外三篇藝評，引用了我的話之後，他們的意見也就等於得到了專家背書。

在我的世界中，藝評領域裡面，總共只有不到二十五名男性——這名單裡完全沒有女性——能夠靠全職的藝評工作討生活（為報紙撰寫的藝評家不算數）。我的名字是這本權威百科全書裡的專家，也就表示我得到了空前的成功，這不禁讓我陷入沉思。在總人口超過兩億的美國，居然只有二十五個全職藝評家？能夠欣賞藝術，明瞭真諦，然後以寫作方式進行轉譯，專門分享美學經驗的專業工作者，真的是鳳毛麟角。

克萊夫．貝爾主張藝術是「意義偉大的形式」，我對此沒有任何意見。不過，他的著作並沒有彰顯這一點，觀者能夠體會這種形式的偉大，都是拜藝評家之賜！再過七個多月，我也才不過要滿三十五歲。在這套全新的百科全書當中，我是最年輕的署名文章的權威作者，要是我活得夠久的話，很有機會成為美國——搞不好是全世界——最偉大的藝評家。我小心翼翼，從板條箱裡面取出了那些厚重的書，將它們放在桌上、一字排開。

這一整套書，要是在正式出版之前預訂的話——絕大多數的大學院校、大型圖書館都會利用這種優惠——價格是三百五十美元，外加運費。而出版後的定價是五百美元，可以用僅需十美元的價格增購某份藝術年刊（同樣的高等用紙與美麗裝幀）。由於我的專攻領域是當代藝術，我的名字也鐵定會出現在這些年刊上頭，這一點毋庸置疑。

當然，早在數個月之前，我已經看過最後定稿，但我現在又再次悠閒賞析自己這篇探討學齡前兒童與藝術的一千六百字專文，心情十分得意，因為這是提供給一般讀者的優越專業之作，它是我的書《藝術與學齡前兒童》的濃縮精華版，而它的起源其實是我的哥倫比亞大學碩士論文。我就是靠這本書一躍成為藝評家，但卻也是一大失敗。我之所以這麼說，是因為有兩所重要大學的教育學院採用這本書作為兒童心理學的教材，最後，教育界學者卻認為很難了解書中的論據、孩童，以及心理學，所以自然成了失敗之作。但話說回來，也就是因為這本書，讓我不需以當藝術史老師為生，登上了全職寫作的藝評家之路。

《精緻藝術：美洲地區》的主筆湯瑪斯・懷特・羅素看過了我的書，也明瞭其中意涵，他讓我擔任專欄作家與特約編輯，薪酬是每個月四百美金。在幕後支持《精緻藝術：美洲地區》的基金會每年會投入五萬美元以上的經費，自然讓它成為全美最成功的藝術雜誌——而且，就算是放諸全世界也一樣。老實說，一個月四百美金實在給得小氣，不過，自己的名字能夠出現在聲譽卓著的雜誌刊頭，也是讓我在當時得以向其他藝術雜誌兜售自由撰稿的敲門磚。當然，後者的收入來源時好時壞，但加上每個月的微薄津貼，夠用了——只要我繼續保持單身，這是我對外一貫的堅持——不要去教書，這是我憎惡的職業——我不需要被逼到去可怕的博物館監牢上班——這是選擇藝術史作為主修的研究生的唯一其他出路。當然，廣告界是永遠的退路，雖然可以賺大錢，但不會有人埋首苦讀藝術史取得研究所學位的目的是為了要進這一行。

我闔上書，把它推到一旁，然後拿起第三冊。點香菸的時候——我的手指在顫抖——微微抖動。我知道自己為什麼會再三咀嚼學齡前兒童的那一篇文章，但只是內心不想承認罷了。過了許久之後（我告訴自己，我只是在等抽完這根菸而已），我還是沒有辦法打開收錄了我評論賈克．德比厄呂文章的那一本書。道林．格雷只要做了壞事，他的秘密畫像的臉龐就會露出醜態，而我呢，偶爾會懷疑是否有哪個隱密的地方藏了投影機，颯颯飛轉，不斷播放我生命中那兩天所發生的一連串事件。惡行，就與其他事物一樣，應該要隨著時代的步履前進，而且我也不是道林．格雷那種在世紀交替時代出現的附庸風雅之徒，我是專業人士，而且就像是我窗外耀眼的佛羅里達州陽光一樣，充滿了現代氣質。

雖然有空調，但我依然汗流浹背，濃密的落腮鬍汗濕糾結在一起。好，在這本美麗的書本之中，藏有關於自我的終極殘酷事實。我是靠德比厄呂博取了現在的成功名聲？抑或是德比厄呂靠我而博取了他的成功名聲？

「無論遇到了什麼痛點，」約翰．海伍德曾經這麼寫道，「爾等絕對不可沉溺其中。」一想到德比厄呂，的確就讓我坐立不安——我不喜歡那種痛苦，也不喜歡自己。不過，這世界上絕對沒有任何事物能夠阻擋我閱讀自己撰寫賈克．德比厄呂的那篇文章……

2

葛洛莉亞・班森對於藝術根本一無所知，但這一點對她完全不曾構成任何障礙，她依然成為棕櫚灘數一數二的經銷商與藝廊老闆。在「熱季」到來的時候，這裡有三十間全天候營業的藝廊，她的表現高人一等，雖然近年來藝術活動蓬勃發展，只要是想得出主題的手工藝品幾乎都可以賣得出去，但她的成績依然是不可小覷的成就。不過，對於一名經銷商來說，其實了解人性比了解藝術更來得重要。而身材纖瘦、低調樸素的葛洛莉亞，具有聆聽別人說話的耐心——想要參透世事，通常就是需要這樣的特質。

我從邁阿密出發，從A1A公路北上、前往棕櫚灘，沿路一直想著葛洛莉亞的事，真正的目的是為了避開其他的念頭，但卻收不到什麼效果。我還特地繞遠路，沒走陽光園道，因為我需要另外生出一個小時左右的時間爬梳思緒、想清楚該怎麼針對邁阿密藝術這個主題下筆，此外，這多出的一個小時，也可以讓我遠離那個麻煩——萬一，到現在還沒解決的話——我指的是貝瑞妮絲・荷里斯。

這絕非易事，我之所以能夠成為優秀的藝評家，正是因為我學到了評論的幽微秘訣。思考、思考的過程、沉思者，其實全為一體；這是我的生活常軌，而且，要是這個認知無誤，那麼繪畫、繪畫的過程、畫家也是全為一體。沒有任何人，任何事物可以簡單論之，而且，葛洛莉亞一直急著要叫我回去棕櫚灘參加她新展的預展，對我來說，她的態度也未免太焦急了一點。這場展覽並不重要，創意也沒有獨特之處，純粹就是例行公事。

她正在辦某場雙主題聯展，除了海地原住民藝術之外，還有某個名叫赫伯・威斯特考特的克里夫蘭年輕畫家的作品，他曾經在海地的佩蒂翁維爾待了兩個月的時間、描繪當地景色。這樣的對比會讓威斯特考特相形見絀，因為他是職業畫家，反而讓那些素人作品看起來格外搶眼。她可以把售價哄抬到當初向他們購入成本的六倍之高，雖然大部分的買家在過了約一個禮拜之後、就會把東西退回來（願意在家裡擺設海地民俗藝品的人其實並不多），但她還是可以賺大錢。而且，對於那些無法忍受素人作品的收藏家而言，威斯特考特的技法顯然是比那些海地人高出了一大截，絕對能夠幫助他在這場聯展中多賣出一些畫作，要是他舉行個展，反而少了這種相互對比的優勢。

當我在想葛洛莉亞的事情時，的確暫時放下了貝瑞妮絲・荷里斯。我解決麻煩的方式是某種溫柔的撒手鐧，我雖然希望能夠奏效，但卻也不免覺得要是失敗了也沒關係。她是明尼蘇達州杜魯斯的高中英文老師，動完切除脊椎底部囊腫的手術之後，飛到陽光明媚的棕櫚灘、療養幾個禮拜。那不是什麼大手術，但她早已累積了許多病假，乾脆好好休個假。她原本的粉白色肌膚漸漸成了番紅花色澤，現在則宛若金楓。尾骨的疤痕也從鮮紅轉為灰色，最後成了略微皺縮的灰階圖。

我們的浪漫演進史也歷經了類似的濃淡變化。我是在四藝藝廊認識了貝瑞妮絲，當時的我負責導覽土魯斯．羅特列克的畫展，而她也就此不肯回去杜魯斯。這一點對我來說沒問題（說真的，我沒辦法鼓勵任何人回去那種地方），但我卻犯了錯，讓她搬來和我一起住，這是個愚蠢的決定，不過當下卻自以為棒透了。她個頭高大——說魁梧，應該更精確一點——身材豐滿的鄉下女孩，矢車菊藍的眼眸，還有一頭及腰的麥金色濃密長髮。除了尾椎那個只有大拇指般大小、幾乎不會引人注意的疤痕縫線之外，她那散發甜香與陽光暖意的肌膚可說是完美無瑕，因為隱形眼鏡的關係，所以她的湛藍雙眸顯得格外柔潤。不過，她個性不好，我當初完全看不出來，原來她根本就是個瘋子。我的精緻小公寓光是一個人使用都嫌太小，何況是兩人，讓我總是覺得她身影逼人。看到貝瑞妮絲逛街或是參加派對的打扮，絕對無法相信她生活這麼邋遢——每張椅子上面都有她散落的衣物，浴巾濕答答，比基尼泳裝亂丟在地上，而且浴室裡瀰漫著浴鹽、沐浴粉、香水、軟膏的混合氣味，實在嗆烈，害我在刮鬍子的時候必須捏住鼻子。一字形小廚房的狀況更是慘不忍睹，她從來不洗杯盤鍋子，她有一次把培根的黏油直接倒進水槽，被我逮個正著。

我可以窩在雜亂環境之中，沒關係；但貝瑞妮絲一直圍繞在我身邊，卻對我產生了嚴重干擾，我必須在公寓裡寫作。

先前，我費了九牛二虎之力、好不容易才說服湯瑪斯．羅素讓我報導佛州黃金海岸的藝術熱季（棕櫚灘的正式「季節」始於新年除夕，差不多在四月十五日左右結束），湯瑪斯終於答應了，但是卻不願意多付我出差的費用。所以我必須想辦法靠自己每個月的薪酬在棕櫚灘生存下去，還得從我為數不多的存款中攢出機票的錢（剩下的錢，也只能讓我買一台兩百五十元的破車）。我把自己位於格林威治村的租金控管住所又轉租出去，價格幾乎是我原始租金的兩倍，如此一來就可以勉強收支兩平。

我加倍努力工作，文字品質遠遠超過了我在紐約時的作品，這都是為了要向湯瑪斯．羅素證明黃金海岸其實是正在崛起的美國藝術的中心，只是被忽略太久了，一直沒有得到嚴謹藝術雜誌的關注。其實，這不是真相，至少目前還沒有這種盛況，不過，到處都散布著進步的痕跡。大多數的佛羅里達州本地畫家都還在試探印象派的棕櫚樹與海景的畫風，但來自紐約與歐洲的諸多知名畫家，早在佛羅里達州開始自我探索，從木星海灘到邁阿密的藝廊，都可以看到歐派的蹤跡。既然在熱季的開展畫家數量綽綽有餘，當然就能夠填滿我報導新展的《筆記》專欄，而且，至少可以找到一名可以讓我以專文讚揚的大藝術家。在佛羅里達州的這段藝術熱季當中，錢潮滾滾，只要出現了財力豐厚的金主，藝術家就一定會現身。

貝瑞妮絲待在這間小公寓裡，我就是沒辦法寫作。她會光著腳趴趴走，靜悄悄，躡手躡腳，就像隻六十四公斤的老鼠——我必須開口抱怨，她才會停下腳步。然後，她會不發一語坐在一旁，安安靜靜，不看書，什麼事也不做，正當我在敲打荷米斯打字機的時候，深情款款盯著我的背。

「貝瑞妮絲，妳在想什麼？」

「沒有。」

「明明有，妳若有所思，妳在想我的事。」

「沒有，真的沒有。趕快去寫東西，我不吵你。」

但她的確讓我覺得很煩，害我無法動筆。我連她的呼吸聲都聽不見，她好安靜，但我卻發現自己一直在專注聆聽，想知道**能否**聽見她的聲響。我必須先做好心理準備（基本上，我多少算是個渣男吧），不過，我最後還是開了口，以客氣的方式請貝瑞妮絲離開。她不肯走。後來，我語氣尖銳，態度惡劣，擺明了要趕人。她不會跟我吵，但也不願離開，遇到這種狀況的時候，她甚至不會回嘴。她只是盯著我，一臉真摯，天藍色的眼眸睜得大大的——隱形眼鏡在滑動——淚水氾湧，馬上就要變成上氣不接下氣的痛哭流涕，我看著她努力壓抑，或是想要把淚水吞回去——簡直整死我了。這時候，我會離開公寓，打算再也不回頭，但卻在幾個小時之後回去，重演大和好劇碼，接下來的一個小時都在狂浪滾床單。

但我還是沒有完成工作。對一個男人來說，工作十分重要。就算是特洛伊的海倫美女也比不上荷米斯的重要性。無論她到底有多棒，女人就只是女人，然而兩千五百字卻能成為一篇大作。我情急之下，只能對貝瑞妮絲下最後通牒。我告訴她我要去邁阿密，二十四小時之後，我就會回來，屆時我希望她已經滾出我的公寓，而且我再也不想看到她。

出門七十二小時之後，我回來了，為求保險起見，我多待了兩天。我以為她會在公寓裡，我希望能看到她出現在那裡，但弔詭的是，我也盼望她能夠永遠消失。

我把車停在街上，把帆布的軟頂車篷拉好——這是車齡七年的雪佛蘭敞篷車——然後，走過庭院石板小徑，登上灰泥的露天階梯。走到一半的時候，我聽到自己二樓的公寓裡傳出電話鈴響，我立刻停下腳步，聽它又響了三聲之後才繼續爬樓梯。貝瑞妮絲沒辦法忍受電話響太久，一定會在響四聲之前接起電話，而且，我知道她早就走了。就在我準備要打開大門的時候，鈴聲也戛然而止。

貝瑞妮絲走了，公寓變得很乾淨。當然，稱不上是一塵不染，但至少算是花了心力整理，碗盤都已經洗好歸位，塑膠地板也馬馬虎虎抹了幾下。

她留下了一個已經封口的信箋，外頭草草寫下了「詹姆斯」，斜靠著窗邊牌桌上的那台打字機。

我最最親愛的詹姆斯——

你是大渣男，但我想你自己也很清楚這一點。我還是愛你，但我會忘了你——我希望我永遠不要忘了這段美好回憶。我要回去杜魯斯了——不要來找我。

小貝

如果她不希望我去追她，那幹嘛又要向我透露她的行蹤？

字紙簍裡有三坨被捏得皺巴巴的紙團，全都是草稿。我本想拿起來看一下，但還是覺得算了，就讓最後一個版本留在心中吧。我把她的信紙與信封揉成一團、也丟入了字紙簍。

我突然覺得好失落，而且還伴隨了一股無名火。公寓裡依然聞得到貝瑞妮絲的氣味，而且我知道她的麝香、汗味、香水、刺鼻沐浴粉、薰衣草香皂、充滿培根味的吐納、防曬乳、衣架香袋、醋等等混合而成的嬌柔氣息，以及有關她的一切美好記憶，都會永遠駐留在這間公寓裡。我覺得自己好可悲，也對貝瑞妮絲感到抱歉，不過，值此同時，能夠擺脫她還是讓我不禁興高采烈，雖然我知道在接下來的幾個禮拜、一定會極其思念她。

距離葛洛莉亞的預展還有一段時間，我脫去休閒襯衫，踢掉樂福鞋，坐在權充為書桌的牌桌前面，閱讀自己的邁阿密筆記，這三天待在戴德郡也不算是浪費時間。

我住在賴瑞．列文的家，位於椰林區。賴瑞是我在紐約時認識的版畫家，而且他太太寶拉的廚藝超級精湛。之後我會投桃報李，在我的《筆記》專欄稍微提一下他全新的動物版畫。

撰寫兩千五百字專文的筆記素材已經夠了，除了我在北邁阿密參加的「南方哥德」環境展之外，還有杜魯門總統的眼鏡，可以當作我刊末專欄的楔子，這都多虧了賴瑞幫忙引介。

南邁阿密的某名技工，是杜魯門的超級粉絲，他曾經寫信給林肯．博格勒姆，林肯在父親格曾過世後，繼續完成了總統山的雕刻工作，這名技工詢問他到底什麼時候才會把杜魯門總統的頭加上去？林肯．博格勒姆的幽默感顯然更勝父親一籌，他以搞笑的口吻回覆此人，他實在沒有辦法，複製杜魯門的眼鏡難度太高了，他做不來。不過，這位名叫傑克．瓦德的技工卻把博格勒姆的玩笑話當真，自己開始打造杜魯門眼鏡。

規格巨大，足足有七點六公尺長，金屬框，外加一層厚厚的瓷釉金箔，而鏡片使用的是真空夾層的雙層玻璃。

瓦德先生曾經向我解釋，「裡面的真空層可以預防鏡片遇冷起霧。」

我當場利用拍立得相機，拍下瓦德與這些玻璃藝術品的三張黑白照，其中一張畫質的清晰度夠銳利，可以拿來當作專欄照片。這副眼鏡是工藝傑作，我曾經向瓦德先生建議，可以把這作品賣給眼鏡行當廣告，但這想法卻讓他勃然大怒。

「拜託，絕對不行，」他態度決然，「這眼鏡是為了杜魯門總統量身訂做，等到他在總統山的半身雕像一完工，就可以立刻戴上去。」

電話響了。

「你跑去哪裡了？」葛洛莉亞聲音尖厲，「我整個下午都在打電話找你。貝瑞妮絲說你離開了，而且可能再也不會回來。」

「妳什麼時候和她通電話？」

「今天早上，大概是十點半的時候。」

聽到這消息，害我嚇了一大跳。要是我在二十四小時、四十八小時，或是六十小時之內回來的話——還是會遇到貝瑞妮絲。我的時間抓得剛剛好，但一想到這個還是不免一陣心痛。

「我在邁阿密，忙工作的事。但貝瑞妮絲已經離開了，再也不會回來。」

「小倆口吵架啊？你可以和葛洛莉亞聊一下嘛。」

「葛洛莉亞，我不想講這件事。」

她哈哈大笑，「你會來參加預展吧？」

「我早就告訴妳了，我會過去。二手海地藝術展到底為什麼這麼重要？讓妳必須一整天忙著打電話找我？」

「是啦。」

「詹姆斯，威斯特考特是優秀的畫家，你知道嗎，他真的很厲害，創意一流。」

「你聽起來怪怪的，還好吧？」

「我沒事，我會過去的。」

「我就是想要跟你提這檔子事。約瑟夫・卡西迪也會出席，他告訴我，他之所以想過去，就是因為想要見你一面。你知道卡西迪先生是誰吧？」

「這號人物無人不知，不是嗎？」

「並沒有，並不是大家都認識他，也不是大家都需要他！」她說完之後哈哈大笑，「不過，他邀請我們——除了你我之外，還有另外幾個人——在預展結束後去他家吃晚餐，他在皇家棕櫚大樓有間閣樓豪宅。」

「我知道他住在哪裡。他為什麼要見我？」

「他沒說。不過他是**我的**這間小畫廊有史以來最重要的藏家，要是我能夠做到他的生意，我就不需要其他——」

「要是妳有這打算，那就不要賣給他民俗藝品，威斯特考特的畫也不行。」

「為什麼不行？」

「他對傳統藝術沒興趣。先別急著兜售，等我和他聊過之後再給妳建議。」

「詹姆斯，那就先謝謝了。」

「不客氣。」

「嗯，你要帶貝瑞妮絲一起來嗎？」

「葛洛莉亞，我不想**討論**這話題。」

我掛上電話的時候，聽到她哈哈大笑。

3

我實在不喜歡「白吃白喝」這種字眼，但我在黃金海岸鬼混的這段日子當中，已經找不出比這更貼切的字眼了。因應藝術熱季，棕櫚灘會出現好幾個社交圈，這與盎格魯薩克遜白種新教徒、猶太人兩大團體在邁阿密和邁阿密海灘的那些社交團體（其實很難辨別這兩者之間的差異）截然不同，當然，在羅德岱堡，富豪階級全部都是盎格魯薩克遜白種新教徒。

我並不是這些「團體」的成員，但因為職業之故，所以會在這些團體的邊陲地帶來回遊走。我在藝術展覽預展時結識各方人士，現場通常都會有免費雞尾酒，由於我是年輕單身漢，而且擁有被大家所認可的職業，所以經常會受邀參加晚宴、雞尾酒派對、馬球賽、船艇出遊、宵夜場、烤肉會。而且，我在紐約的時候就已經認識了一些現居黃金海岸的藝術家，比方說，賴瑞·列文就是其中之一。

在佛羅里達州待了兩個月之後，我已經認識了不少人，或者也可以說是建立了一些人脈，但並沒有結交到朋友。別人請我吃晚餐，我從來沒有回請過，而且我也不跟別人在酒吧、夜店、餐廳之類的地方見面，以免要付帳，從來不請客買單的人，絕對不可能有朋友。

不過，我覺得招待我的那些主人們倒是覺得很划算。我會炒熱無聊的現場氣氛，在那些年輕異性戀男子備受寵愛的晚宴場合當中，我是特別來賓，而且，當我心情好的時候，我可以講故事，或者在眾人聊天聊到冷場的時候，我可以繼續帶動話題。

我有兩件晚宴外套，一件是紅色真絲織錦，另一件是標準的白色亞麻。白色外套上面有唇印，某天我和貝瑞妮絲參加完派對之後，微醺的她趁我開車的時候、在我的肩膀上狠狠咬了一大口。所以，我也只能被迫穿那件紅色錦緞外套。

我的公寓距離葛洛莉亞的畫廊只有六個街區，在走過去的途中，我開始思索約瑟夫·卡西迪的晚餐之約。社交邀約稀鬆平常，但她特別提到了他想要認識我，不禁讓我十分好奇原因到底為何。卡西迪不只是有名的藏家，也是大名鼎鼎的刑事律師，他就是靠在芝加哥執業的豐厚收入、逐步打造了他的藝術藏品世界。

他是美國一流的當代藝術品的私人藏家，我的推測是搞不好他要請我撰寫型錄，從當時的狀況判斷，這個假設也是合情合理。要是他見我的原因並不是為了這個（就我所知，他還不曾發表過收藏品型錄），我倒是很想慫恿他出版。就諸多方面看來，這份任務對我、對卡西迪來說都是雙贏。我可以多賺一點錢，在芝加哥待幾個月，撰寫一些有關中西部藝術與藝術家的專文，而且我的名字要是能出現在那份收藏品型錄上面的話，對我的未來也是加分。
我想得越來越起勁，心情也變得更加亢奮，但等我到了藝廊門口的時候，熱情卻冷卻了下來，因為我知道自己絕對開不了那個口。要是他主動提議，很好，但我要是在社交場合開口向人討工作，鐵定是有失格調。
那麼，面對卡西迪這種身分地位的人，我還可以自告奮勇做什麼？我的自尊（就稱之為男性沙文意識好了），總是被我高估了它的價值，而且我明白自己通常也只是惺惺作態，但它是我的天生基因，我想——這應該是我波多黎各籍父親的部分遺傳。但正因為自尊總是在作祟，我也因此錯失了許多機會，因為我心中第一個浮現的想法都如出一轍，如果換作是我爸爸，遇到了類似的處境，他又會怎麼做？
我進去藝廊之後，立刻把那個念頭拋諸腦後。
葛洛莉亞勉力以細薄雙唇蓋住暴牙，以嘴巴輕輕撫擦我右側的落腮鬍，然後，使出逼人大叫喊疼的力道、扣住我的右臂，帶引我走向酒吧。
她向酒保開口，「艾迪，認識這位先生嗎？」
「不認識，」艾迪搖頭，一臉認真，「不過他習慣喝的飲品，我倒是很熟悉。」
他為我倒了兩盎司的順風威士忌配兩顆冰塊，然後把紙杯遞給我。
「謝了，艾迪。」

艾迪白天在南棕櫚灘的希拉姆休閒酒吧上班，不過他是深受大眾歡迎的熱門酒保，到了夜晚派對的熱季，許多女主人在舉辦晚宴的時候、都會請他過來打零工。我通常每個禮拜會在不同的場合巧遇他一兩次。我想，現在每一個人都需要賺外快。就拿葛洛莉亞來說好了，她得要偶爾出租自己的藝廊，借給別人舉辦朗詩活動或是團體心理治療，不然她絕對無法負擔高額的熱季藝廊租金。其實，她也很討厭這些團體。她說，需要聆聽詩歌、或是甘願參加團體心理治療接受自虐的那些人都是老菸槍，儘管她提供了菸灰缸，他們就是從來不用。

艾迪的工作台是鋪了桌巾的牌桌，上面擺了威士忌、波本，以及調製馬汀尼的琴酒與苦艾酒，桌子後方還有個塑膠冰桶。我移到後方，讓出空間給別人，順便拿起門廳桌面的簡介。葛洛莉亞在門口歡迎剛進來的賓客，帶他們到桌前、在訪客簿上面簽名，然後引領他們前往吧檯。

她的這場預展一點也不特別。除了她的預展常客之外，她也會寄發邀請函給棕櫚灘飯店的公關主管，請他們轉交給那些可能的買家。這間老派飯店的客人，收到特地印製的私人預展邀請函的時候，會覺得「十分榮幸」，一想到能夠在藝術展演場合、親眼見識「真正的」棕櫚灘社交圈，也許會出手買張畫，就讓他們興奮不已。要是真的如此，帶引他們過來的飯店公關主管將會收到葛洛莉亞致贈的休閒外套或是DAKS的長褲。所以，葛洛莉亞的預展來賓經常是千奇百怪，有時候，甚至看到棕櫚灘社區大學的兩名青少女緊張兮兮盯著那些民俗藝品，手持原子筆與「藍馬」牌筆記本，拚命寫重點。

我看過簡介之後，得知赫伯特．威斯特考特今年二十七歲，畢業於凱斯西儲大學，也曾經在紐約藝術學生聯盟進修。他曾經在克里夫蘭、藝術學生聯盟、加拿大的多倫多舉行過展覽，費城有位里奧多爾．卡納文先生收藏了他的一些畫作。而這次的展覽，陳列出他過去這三個月中待在海地時的創作，是威斯特考特的第一場個展。我不再盯著簡介，一抬頭，不費吹灰之力就找到了這位畫家。他個頭矮小——大約只有一百七十公分——皮膚曬得黝黑，留著淡棕色的稀疏鬍鬚。

身穿雙排釦的淡藍色棕櫚灘式西裝，白色皮鞋，內搭淡粉紅色緊身衣，沒有領帶。他正在偷聽某對中年夫婦的對話，他們正站在他最大一幅畫作的前方——太子港市場的場景，有三分之二的面積是檸檬黃的天空。

誠如葛洛莉亞先前所說的一樣，他畫得很好，但是卻靠著滴畫法疊色，讓構圖產生了隨性的效果。這些滴痕——承自傑克森．波洛克的雜亂畫風——實在不是明智之舉。當然，威斯特考特有天賦，不過天賦只是畫家之路的起點。他筆下的海地男女是濃淡各異的巧克力色，而不是黑色，其實我本來不會注意到這一點，但他對面的牆上正好掛著海地人的畫作，裡面人物的膚色全都是正黑色。

葛洛莉亞收集的那十多張海地人的畫作，都相當令人驚豔。她甚至還買下了馬賽爾的某張早期畫作，大約是一九〇〇年左右，與現代素人畫家慣用的赤紅與鮮黃大異其趣，令人注目。繪畫的場景主題是海地的尋常生活，約有三十多人全神貫注、舉行巫毒儀式，正中央的視覺焦點是一隻被放血的古怪山羊，但整張畫作的色調是灰黑白——完全看不到任何的原色。就我記憶所及，馬賽爾是早期的素民畫家，由於買不起筆刷，只能以雞毛在帆布上揮灑。這幅作品定價雖然僅有一千五百美金，但想必這筆交易還是讓當初的買家賺翻了……

「詹姆斯，」葛洛莉亞緊抓我的手肘，「來認識一下赫伯特·威斯特考特。赫伯特，這位是詹姆斯·費格瑞斯。」

「幸會，」我問道，「葛洛莉亞，妳怎麼會買到這幅馬賽爾的畫？」

「等一下再告訴你，」她回我，「先和赫伯特聊一下。」她轉過身去，伸出長滿雀斑的長臂，扶住某個搖搖晃晃、雙頰赭紅的老先生。

威斯特考特撫摸自己的稀疏鬍鬚，「費格瑞斯先生，抱歉剛才沒有認出你——葛洛莉亞早就說你會來——但我以為你有留鬍子……」

「那是我專欄上的照片，我應該要換一下才是。不過，那張照得不錯，我還沒有更好的照片。大約在一年前，我把鬍子剃光了。威斯特考特先生，請你不要再拔鬍子了……」

他立刻放下手，雙腳不安來回移動。

「威斯特考特先生，關於鬍鬚這檔子事，我早就摸得一清二楚。如果留鬍子的話，可以讓我增加六個禮拜左右的壽命，也就是說，我的一生可以省下六個禮拜刮鬍子的時間，要是習慣用電動刮鬍刀的話，甚至可以多出七個禮拜。不過，這麼做並不值得。我當初就跟你一樣，指尖幾乎完全無法離不開那鬼東西，而且我的脖子總是癢得要命。大家都說，留鬍子的秘訣就是絕對不要碰它。威斯特考特先生，要是你已經養成習慣的話，那你的鬍子就完蛋了。」

「明白了，」他臉色羞慚，「謝謝你的忠告。」

「不客氣，」我繼續說道，「你要是少了鬍子會比較帥氣。」

「葛洛莉亞也是這麼說的。好……」他指了一下我的空紙杯，「我再幫你倒杯酒吧？你要喝什麼？」

「艾迪知道我習慣喝什麼。」

我轉身，繼續研究馬賽爾的畫。我想離開了，這個挑高的小小空間，感覺變得更加狹小，因為越來越擁擠，塞滿了高聲講話的人們，而且我也不想和威斯特考特討論他的畫作，所以我才會丟出那一段鬍鬚開場白。這些作品全部都是仿作，不需要我點出來，他自己也心裡有數，而這整個畫展，包括馬賽爾的那幅畫，根本連一欄寸的價值也沒有（我早已經摺了簡介、把它塞進我的屁股口袋），等到我的專欄有兩千字的篇幅、忙著要找更多東西來灌水的時候再說吧。

葛洛莉亞站在吧檯旁邊，身旁還有十幾名口渴的賓客。可憐的威斯特考特，這些酒明明是他出的錢，但他卻一直在人群的邊緣不斷徘徊，想要吸引艾迪的注目。我趁隙溜到了門廳，然後走出門外。現在已經是黃昏將盡的時刻，我站在沃斯大道，準備回家。要是卡西迪先生想找我，大可以從葛洛莉亞那裡要到我的電話、直接找我喬出會面時間。

佛羅里達州的黃昏為時不長，等我回到那棟赭色灰泥建築的時候——這原本是二〇年代興建的豪宅，現在分隔為許多小公寓——我心情十分低迷，開始犯頭疼。我脫掉外套，坐在庭院某棵紅荊樹下方的水泥長椅，開始抽菸。海風溫暖輕柔，好些晚歸的鳥兒在我頭頂上方不停啁啾，想要在擁擠的枝葉間找尋歇息地點。我覺得眼部以下已經全然放空，但還沒有到失神的地步。住在二號的威斯伯格老太太，在石板小徑一拐一拐前進、朝我的長椅方向走來。我不想和她聊天，突然起身，爬上階梯，拿出冷凍的「庭院」牌墨西哥全餐，在烤箱裡加熱了三十分鐘，只吃了一半就直接上床，頭一沾枕立刻入睡，一夜無夢。

4

葛洛莉亞把我搖醒，打開了壁床旁的床頭燈，她拿了我的備用鑰匙、自己開門進來。我總是把它藏在門廊的天竺葵盆栽下方，她可能看過貝瑞妮絲從那裡取用過鑰匙，不然就是聽她提起過這檔子事。我眨眼，盯著突如其來強光之中的葛洛莉亞，努力回神。我的心臟依然在噗通亂跳，但是在黑暗中被喚醒的激動恐懼已經慢慢消退。

「詹姆斯，很抱歉，」葛洛莉亞劈頭說道，「我有敲門，但你一直沒回應。你知道嗎，你真的該裝電鈴了。」

我完全不掩飾語氣中的怒意，「下次可以先打電話給我，我通常一定會起身接電話，以免錯失了什麼無關緊要的事。」

我的香菸放在長褲口袋裡，但褲子掛在咖啡桌旁的那張直背椅上面。我昨晚裸睡，身上也只有被子而已，但因為我太火大了，而且也超想抽菸，所以乾脆把被子扔到一旁，起床，把手伸入褲子口袋裡找菸。我點了一根，把火柴扔到咖啡桌上的粗陶菸灰缸裡面。

「詹姆斯，這對我十分重要。卡西迪先生來訪，而你不在。他向我問起你，我說你頭痛，提早離開——」

「我是真的頭痛。」

看到我赤身裸體，葛洛莉亞一點也不害臊，但現在反而是我覺得很難為情，光著屁股站在正中央抽菸、與別人進行愚蠢對話。葛洛莉亞快五十歲了，約在六個月前嫁給了亞特蘭大的五金業商人，所以這也不是她第一次看到赤身裸體的男子。不過，我還是從衣櫥裡拿出一件毛巾布浴袍，趕緊穿上。

「詹姆斯，他希望你過去吃晚餐，我現在就準備要帶你過去。」

「對了，現在幾點？」

「大概是十點四十分，」她又瞇眼看了一下小手上的白金腕錶，「不太對，已經十點四十五了。」

雖然我只睡了兩個小時，但卻覺得精神抖擻。被那種完全出乎意料之外的方式給嚇醒，讓我的腎上腺素開始大爆發。

「葛洛莉亞，我覺得妳把這件事想得太誇張了。卡西迪先生究竟是說了什麼？讓妳這麼篤定——覺得他要找我——特別指定要我——出席他舉辦的小型聚會？」

她伸出細長食指、搓揉她的鷹勾鼻，皺起眉頭，「他是這麼說的，『我希望費格瑞斯先生不會因為頭痛而無法出席今晚的小酌活動。』我回他，『哦，當然不會，詹姆斯請我等一下去他家接他過來，他迫不及待想要與您見面。』」

「我明白了。本來是小小的寒暄，被妳搞成了不得了的大事。現在我必須要跟妳一起過去，讓妳可以順利解套。」

「我是不會用這角度來看待這場邀約。詹姆斯，他向我買了一張畫，某幅素人畫作——堆疊各種水果的大尺寸畫作。他要送給自己的黑人廚師，掛在廚房裡面。」

「他沒買威斯特考特的作品？」

「他不是很喜歡赫伯特的畫。雖然他沒有明說，但我看得出來。」

「我覺得這就是表態了。為他的廚師買下某位海地素人畫作，難道妳不覺得這就是一切盡在不言中？對了，我需要再刮一下鬍子嗎？」

她伸出指尖、撫摸我的下巴，「我覺得不用。但你得去刷個牙，你的口氣臭死了。」

「因為我先前吃了墨西哥晚餐。」

我穿上灰色長褲、白色襯衫、搭配棕色真皮領帶、深褐色樂福鞋、灰白相間直紋的棉質休閒外套，我下定決心，明天一早就要把我那件弄髒的晚宴外套拿去送洗。我記得自己當時出奇冷靜，雖然只睡了兩個小時，但腦袋卻十分清醒。所有的肌肉都舒鬆充滿彈性，步伐輕盈跳躍，彷彿鞋底有襯墊一樣。我心情很暢快，所以當我和葛洛莉亞大嬸離開公寓的時候，我還隔著她的寬腰帶、捏了一下她的肉。

「哦，別這樣啦，詹姆斯！」

葛洛莉亞開著她的白色龐帝克、載我前往皇家棕櫚大樓——某棟可怕的七層樓水泥建築，在車行途中，一想到要與卡西迪先生見面，心情就十分雀躍，我也希望能夠見識一下他收藏的畫作。他應該會在自宅裡掛些畫作才是，不過，他的著名藏品全都安放在芝加哥。同時，我也覺得很好奇，不知道他為什麼會決定入住皇家棕櫚大樓，這裡只能俯瞰萊克沃斯市景，而不是大西洋。從他的頂樓露台應該可以看到洋面，但也只能遠觀，而且那樣的景色與緊鄰海灘根本無法相提並論。

皇家棕櫚大樓其實是包含了出租式公寓、私人公寓、飯店房間、出租套房的混合式物業，風格參差不一。建築公司不放過任何一絲一毫可以賺錢的機會。夾層樓是出租辦公室（卡西迪在那裡也租了好幾間），一樓則拿來出租給各式各樣的商店，裡面還有一間小型藝廊，此外，也有咖啡廳、夜店、餐廳等店面。這間公司完全沒有投資任何服務項目，反而從大家身上榨取資源。我想，卡西迪之所以會一直保留那棟閣樓豪宅，應該是因為皇家棕櫚大樓是棕櫚灘少數終年營運的公寓式飯店之一。

許多不喜歡佛羅里達天氣的紐約客，為什麼會如此熱愛這一州，純粹是因為這裡不需要繳交州所得稅。只要待在佛羅里達州的住所超過六個月又一天，就不需要支付紐約的州所得稅。基於這樣的動機，把住所與商辦中心搬遷到佛羅里達州，雖然很卑鄙，但卻是相當務實的做法。

「妳到底是在什麼地方，」我詢問葛洛莉亞，「買到那些海地素人畫家的作品？」

「某個住在羅德岱堡的寡婦出清這些東西，全部賣給我。」她咯咯笑個不停，「價格超便宜。她丈夫剛死，所以把什麼都賣光光了——房子、家具、收藏品、其他的一切。她後來搬到印第安納州與女兒外孫同住。」

「親愛的，馬賽爾那幅畫標價太低了，賣價絕對可以超過一千五百美元。」

「我覺得很難啦，而且以這價格賣出我也沒有任何損失——畢竟我才花了二十五美元而已。」

「妳是個賤小偷。」

葛洛莉亞咯咯笑個不停，「你嘴巴真是不乾淨。你和貝瑞妮絲是怎麼了？」

「她回去明尼蘇達州了。葛洛莉亞，我不想講她的事。」

我們搭乘電梯，到達頂樓豪宅，但大門並沒有自動開啟，金屬門板有一扇單向小窗（從我們這邊看過去是鏡面），菲律賓管家確定了我們的身分之後，才按下他那一頭的開關放行。搞不好電梯裡其實藏有什麼秘密開門鍵，一定是。卡西迪不可能在家裡安排某人二十四小時待命，只是為了按下按鈕放人進去——或者，真有這可能也說不定？超級有錢人總是會做出一堆奇奇怪怪的事。

這並不是大型派對，連卡西迪先生也才七個人而已，現在加上葛洛莉亞與我，總共是九個。這是那種大家應該彼此認識、自然不需要多做介紹的場合，棕櫚灘有許多這樣的派對。基本概念就是先吃東西，然後開始暢飲，等到吧檯收工或是酒喝光就結束。要是有人覺得需要找別人談話，可以先做自我介紹，或是不講名字就直接開始聊天。其實，幾乎沒有任何差異，卡西迪先生一定認識在場的每一個人——至少有些許了解——才能讓菲律賓管家簡介客人背景、讓他知道是否能夠放人進來。

酒保斯洛恩（他白色外套上面別了名牌），為我們倒了順風威士忌加冰塊。我跟在葛洛莉亞後面、進入露台，卡西迪先生正在與某位灰髮男子交談，看起來像是某國防單位的高官，他身穿牛津灰外套，搭配深褶長褲。外套很新，看來是不常穿，顯見他平常都是穿制服，陸軍或海軍將官的外套可以維持八、九年之久。打褶褲已經早就退流行了，而牛津灰是高階公務員最愛的顏色，他們總是過著陰鬱灰暗的生活。

「湯姆，十分感謝。」卡西迪伸手致意，那名灰髮男子也準備離去。

我望著那位老先生走向電梯，想要知道他到底是不是軍官，輕而易舉，只需開口這麼問就是了，「那位不就是史密斯將軍嗎？」不過，就現在的狀況看來，我相信自己的判斷無誤，已經不需要開口確認。

約瑟夫．卡西迪個子矮小，厚實寬闊的雙肩，胸如巨桶，幾乎可以說是標準的矮壯身材。他的淺底深色方格圖案襯衫相當貼身，與他的紅色絲絨吸菸外套不太相襯。他之所以需要背心，全是因為它有口袋——可以讓他放置懷錶，還有斐陶斐榮譽學會鑰匙的純金細鍊。他有張冷峻的愛爾蘭面孔，細小的藍色眼眸，虹膜下方正好露出〇點一六公分的眼白，一口潔白的牙齒。大門牙微微覆住了豐滿上唇。高聳的額頭有曬傷的皮屑。黑色短鬚，所有頭髮全部後梳、以水撫順，黑髮的兩側鬢角已見灰白。卡西迪五十出頭，看起來很難纏，自然流露出一股威儀之氣，而且，他那渾厚宏亮的嗓音更增添了他的自信風範，而且，他的金邊眼鏡——與羅伯特．麥克納瑪拉擔任國防部長時所配戴的鏡框是同一款——也相當適合他的臉型。

葛洛莉亞介紹我們認識，然後走到室內噴泉前面欣賞鯉魚。池內擠滿了那些肥魚，我站立的位置距離池子約有四、五公尺左右，只能看到布有金色與硃砂色斑痕的魚背。池子中央的台座矗立了一座水泥獅身鷹怪獸雕像，鷹嘴不斷冒出流水、進入塞滿鯉魚的池內，那是一座設計得慘不忍睹的獅身鷹怪獸雕像。創作此一作品的藝術家，很可能對解剖學太熟悉了，所以沒辦法把老鷹與獅子的混合體概念表現出來。中世紀的那些雕刻家對於解剖學一無所知，將獅身鷹怪獸與滴水嘴獸予以具體化，卻完全沒有任何問題。卡西迪碰我的臂膀，以大拇指與食指抓住我的左手手肘。

「過來吧，金姆，」他開口說道，「我讓你看兩張畫。我想大家都喊你『金姆』吧，是不是？」

「不是，」我忍住怒意，繼續說道，「我還是喜歡大家叫我詹姆斯。我爸爸為我取名為海米，但似乎從來沒有人唸對發音，所以我就自己換成了詹姆斯，沒有提出正式的法律申請。」

「反正名字一樣，」他抖了一下厚實肩頭，「詹姆斯，不需要走什麼法律程序。」

我露出微笑，「卡西迪先生，我可沒有向你主動諮詢，所以拜託了，千萬別寄帳單給我。」

「我沒有這個意思。我只是想要告訴你，海米．費格瑞斯這名字跟你不太搭調。」

「你的意思是，我不符合大家對於波多黎各人的刻板印象吧？最獨特的是我的長相，金髮藍眼來自我父親，而不是我母親。我母親是蘇格蘭與愛爾蘭後裔，她是黑髮，淡褐色眼眸。」

「你也沒有西班牙腔。你在美國住多久了？」

「十二歲就住在這裡。我父親早逝，之後母親搬回紐約，反正她一直不喜歡波多黎各。她是女帽設計師，創意豐沛。想要在波多黎各賣女帽，不能賣有創意的帽子。其實她們只需要披肩頭紗而已——或者在頭髮上夾一坨粉紅色紙巾——就可以吸引眾人目光。」

「我從來沒見過女帽設計師。」

「現在剩下的也不多了。我母親已經過世，而且現在女士們雖然偶爾會買帽子，但會特地挑選設計師款帽子的也相當少見。」

「帽子值得收藏嗎？」他突然開口問我，還伸出粉紅色的舌尖舔潤上唇，「我的意思是，設計款的帽子。」

我這時候才發現卡西迪先生是真正的藏家，而且，明白了這一點之後，我對他這個人了解得更加透徹，遠超過了他的想像。一般來說，藏家可以分成三大類型。

第一種，相當少見的贊助式藏家，知道自己想要什麼，直接向藝術家或是向技工訂購。在過往的歷史當中，這類的藏家是藝術風格建立的一大助力。比方說，要是十六與十七世紀沒有大量的肖像需求，那麼也不會產生肖像畫家的偉大學派。

第二種，收藏流行藝術品的中庸者，而他們會買下這些東西，可能是因為他們不知道什麼緣故就是很喜歡（流行品反映了他們的時代，這就是箇中原因），不然就是被教導要欣賞這種品味。

第三種是因為金錢利益動念的藏家，他們買了之後，會想辦法賣出換取利潤。換言之，以某種拗口的方式來說，他們之所以成為藏家，因為他們本來就是藏家，不過，他們之所以會喜愛當下收購的藝術品，純粹是因為它們現在與未來的價值。

這三種藏家的一致特徵就是吝嗇。能省的筆畫就盡量不要浪費墨水，通常出手超級小氣。而等到他們擁有了某些作品，不管是任何作品，他們絕對不會割捨。

對世界文化來說，藏家的角色幾乎與藝評家一樣重要。要是沒有藏家的話，這世界產出的藝術品一定會變得十分稀少，而要是沒有藝評家的話，藏家們也不知道該收哪些作品是好。就算是那些藝術知識淵博的少數藏家，要是沒有得到藝評界的確認也不會隨便出手。藏家與藝評家在這種緊張的共生關係之中互相依存，而藝術家呢——可憐的小畜生——被夾在中間，要是沒有我們的話，早就活活餓死了。

我搖頭，「沒有。」在我們走過客廳、準備前往他書房的途中，我繼續解釋原因。「帽子太容易被仿製了。在二〇與三〇年代，設計款的帽子價錢昂貴，因為都是為了某人在某一特定場合的特製品。瑙瑪・希拉一被人看到戴上新帽子，立刻就會出現仿品，大量生產。而正品與仿品之間的差異，恐怕也可能只有質料而已。在十九世紀末的鍍金年代，白鷺羽毛很流行，當時的帽子可能具有收藏價值，不過，就算找到了這些帽子，予以修復、保存，再加上養護的費用，是否還具有收藏價值，我認為也必須打個問號。」

「我明白了。那你有沒有仔細研究過呢？」

「沒有深入研究。您也知道——時尚不是我的專攻領域。」

我們進入他的書房，裡面的家具是清一色的黑色皮革、玻璃，以及鉻鋼。卡西迪一屁股坐在靠墊椅裡，聲響清晰可聞。我開始觀賞蘋果綠牆面上的三張畫，利希滕斯坦的早期作品（放大版的迪克．崔西木版畫）、安迪．沃荷系列的瑪麗蓮．夢露噴畫，還有馬蒂斯以某個女孩頭部為主題的黑白素描。那幅畫放在黑檀木桌面，靜默又孤立，實在是很糟糕的作品，想必馬蒂斯當初是在受到脅迫的狀況下才畫押簽名。我坐在卡西迪對面，把空酒杯放在紫檀咖啡桌上。菲律賓管家手持托盤、帶著另一杯飲料進來了，他拿起我的空杯，把新的飲料交給我，又送上一張雞尾酒紙墊。

「先生，要不要吃點什麼？」

「好，我要火雞肉三明治，雞胸肉配白土司。加美乃滋與蔓越莓果醬，切邊，謝謝。」

他點頭之後就離開了。

「你不喜歡那幅素描，對吧？」

我聳肩，啜飲自己的酒，「馬蒂斯有個壞習慣，許多美國人一想到法國人就會聯想到的特點。他到餐廳用餐的時候——成名之後——經常會拿起筆記紙畫素描，有時候是以餐巾作畫。然後，他把那張畫留在餐桌上，直接走人。餐廳老闆知道畫作的價值超過了那一頓餐，所以總是十分開心。卡西迪先生，身旁總是充滿美食與兩瓶紅酒的男人，未必每次出手都是上乘之作。」

他點頭，這故事讓他聽得津津有味，滿臉喜孜孜盯著自己的馬蒂斯畫作。畫得爛就是爛，不論誰畫的都一樣。不過，我的這個小故事——而且是真實過往——對卡西迪來說，反而增添了馬蒂斯這幅畫的價值。一般人要是買了馬蒂斯的失敗作品，一定會覺得自己被騙了，但卡西迪並非凡夫俗子。他是藏家，而且是與眾不同的藏家。

「這故事有意思，」他微笑說道，「我這裡的藏品不多，我也還沒有決定到底要從芝加哥帶哪些畫作過來。」

這個開場很自然，我立刻把握機會，「卡西迪先生，希望將來有機會可以一覽您的藏品型錄。」

「我還沒有準備好，不過我找了一位在芝加哥大學工作的高手幫忙處理，G・B・朗恩博士。你認識他嗎？」

「我知道這號人物，但我不認識他。他寫過一篇有關羅斯科的專論，相當精采。」

「朗恩博士就是這麼優秀。而且，也沒讓我花錢——印刷費除外。朗恩博士在大學任教，而我的某位客戶正好是學校董事會的成員。透過我客戶的幫忙，我減輕了朗恩教授的教學工作量。現在他教兩堂課，其餘的時間拿來做研究，而研究的主題正好就是我的藏品型錄。朗恩博士很開心，因為他將會又有一份自己掛名的出版品，而且要是他做得不錯，芝加哥大學出版社也許會代為出版。」

卡西迪微笑的時候會露出牙齒，在上唇留下輕微的門牙凹痕。他盯著我好一會兒，金邊眼鏡後的那雙眼眸微張，專注凝神。然後，他身體微微前傾，「心懷善念的人聚在一起，可以成就某些好事，讓眾人皆大歡喜。詹姆斯，你說是不是？」

「如果他們是『心懷善念』的人，是這樣沒錯。但就我的過往經驗看來，我認為這樣的人並不多見。」

他哈哈大笑，彷彿我剛才說了什麼笑話一樣。管家把三明治送來了，我咬了一口，在他走出去之前叫住了他，「等一下！這不是美乃滋，明明是沙拉醬。」

「是的，先生。」

「你沒有美乃滋？」

「先生，沒有，可否為您準備其他的替代品？」

「沒關係。」

約瑟夫．卡西迪行事風格獨格，與李．貝利一樣齊名。在法庭之中，卡西迪當然是優秀律師，不過當他在法院外面、與記者在一起的時候，並不像貝利一樣張牙舞爪，他也不會接下那些純粹只為打知名度的案件。他是那種必須先收錢才辦事、而且願意大膽冒險的律師。目前還沒有人為卡西迪寫過傳記，不過他賺的錢遠遠超過了貝利。而且，他精明銳利，總是以最低價格、在正確時機買下優秀畫家作品，這一點也成了他賺大錢的另一管道——如果真有那麼一天，他打算要賣出所有藏品的話。

管家依然在房內逗留，他想要離開，但卻動彈不得。他焦慮不安，因為我根本不碰三明治了。

「雷札爾，準備收拾吧檯了，」卡西迪輕聲下令，「同時告訴班森女士，我會護送費格瑞斯先生安全到家。」他露出他的暴牙笑容，「詹姆斯，你不介意多待一會兒吧？」

「卡西迪先生，當然不成問題。」

我自小所受的教養就是要保持拘謹——當然是要盡可能展現友善——所以在沒有經過我允許、或是我主動示好的狀況下，卡西迪先生就這麼隨便直呼我的名字，讓我頗感厭惡。不過，我知道他這麼做並非是為了要展現他高人一等的姿態，其實只是想要讓我放輕鬆而已。然而，儘管我知道他是好意，但我就是沒辦法和他同樣自若，直呼他的名字。美國人實在太不拘小節了，而每逢棕櫚灘的藝術熱季，眾人更是發揮得淋漓盡致，已達誇張的地步。

雷札爾離開，準備收起吧檯。也就是說，派對即將要結束了。客人們陸續離開，但不會向主人道別，反正大家就是如此，倒不是因為粗魯，而是為了要表示敬重。如果卡西迪到外頭向各個賓客逐一正式道別，他們也會從善如流予以配合。

雷札爾關門之後，卡西迪從他放在辦公桌面的雪茄盒取了一根，點燃，再次坐下，但並沒有請我抽雪茄。

「詹姆斯，」卡西迪態度誠懇，「其實我對你相當了解，你只是不知道罷了。你的藝評文章，我幾乎篇篇拜讀，我認為從你的文章可以看出你對藝術具有深刻的洞察力。」

「謝謝。」

「詹姆斯，這全都是實話。我不玩吹捧那一套，二流的藝評家配不上那樣的稱讚，而一流的藝評家則是不需要那類的讚譽。我認為你很有潛力成為全美最優秀的年輕藝評家之一。而且，根據我的調查結果，你也野心勃勃，想要坐上第一把交椅。」

「不知道您所說的調查，是不是向葛洛莉亞探詢我的背景？其實，她並不是可信的證人，我們已經是認識好幾年的朋友了，她自然會為我說好話。」

「不，詹姆斯，不只是葛洛莉亞而已，但我的確早就找過她了。我也詢問了其他的藝廊負責人、其他的藏家，甚至也請教了朗恩博士的意見。要是我說出來，你應該會覺得很有意思，朗恩博士對於你的表現大為驚豔，而且他對藝術史與藝術評論的了解比我透徹多了。」

「卡西迪先生，這一點我持保留態度。」

「理應如此。那是他的專業——也是你的專業。我是律師，不是藝術史學家，雖然朗恩建議我為自己的藏品型錄作序——但我完全沒有意願。」

「大部分的藏家都會自己寫序。」

他點點頭，緩緩搖晃右手，以免雪茄的灰斷落，「你在藝術領域當中，擁有正直好名聲，大家都告訴我沒辦法靠錢買通你。」

「我不知道你這話是什麼意思，但我絕對不會因為當藝評家而致富。」

「我知道，我也知道該如何追根究柢，這是我的專業。法律是百分之九十五的事前準備，要是能夠先做好功課，在法庭裡有優異表現也是輕而易舉之事。先暫時回到賄賂，對於所謂的『沒辦法用錢買通你』，我想要向你致敬。」

「聽你這麼說，我覺得自己彷彿錯失了什麼賺大錢或致富的機會，而且悍然拒絕。要是我錯過了什麼大好機會，我想我是真的不知情。」

「如果你想要繼續裝傻，那我就直說好了。第一個就是——免費畫作。今天晚上那小孩的展覽，哦，威斯特考特，比方說，要是你告訴葛洛莉亞，可以大力讚揚一下威斯特考特，回報是兩幅免費的畫作，那麼之後呢？」

「就威斯特考特的狀況來說，要是我提出這種交換，她應該要把全部的畫作送給我才是。」我大笑，「不過，卡西迪先生，你現在討論的不是正直，而是我的專業。我從來沒有收過免費的畫作。我的格林威治村住家牆壁光禿禿，什麼都沒有，只有斑駁不一的油漆碎屑而已。不過，要是我曾經收過畫，就算只有一幅，以兩三百美元的價格轉手賣出，這種謀取私利的事很快就會傳出去，也就斷送了我的藝評家生涯。以酬謝換取正面評論，這種事在巴黎依然會出現，然而它卻幾乎完全摧毀了法國嚴謹藝術評論的空間。

「當然，還是有某些例外，在這一行的人都知道是什麼狀況。所以，我連朋友的合法藝術品餽贈都無法收受，就算我知道背後沒有任何利益瓜葛也一樣，因為總是會意外出現利益牽扯。而且，要是我要報導某人的展覽，光是收受禮物這一點，就可能影響到我所發表的意見。基於同一緣故，我也不買畫。先前我的確有某些機會買下我負擔得起的作品，不過，您也明瞭，要是我擁有了某一畫作，可能會誘使我開始吹噓那位畫家——是有這個可能——我不知道自己會不會做出這種事——目的是為了要提升我的畫的價值。我倒不是說我百分百客觀，那是不可能的事。我只是想要盡可能維持中立，如此一來，當我看到某幅讓我真正眼睛為之一亮的作品時，才能夠展露所有熱情，呈現我的主觀視角。」

我喝了最後一口酒，放下酒杯的力道稍微大了一點，這不是我的本意。我抬頭，看到卡西迪的愛爾蘭臉龐露出微笑，也許他正在釣我，但我以前也歷經過這樣的試探。這種事在美國稀鬆平常，有人誤以為藝評家可以被收買、大力吹捧某個藝術家，尤其是在他們對藝術一無所知的狀況下更是如此，但卡西迪明明很清楚真相。

「卡西迪先生，你很清楚這一點，所以不需要因為正直而對我過度褒揚。我就像大家一樣愛錢，我在紐約市立學院教藝術史的時候所賺的錢也比現在多。我有雄心大志，沒錯，不過是為了追求名聲，不是為了錢。等到我成了享有盛名的藝評家，我就可以賺更多的錢，但絕對不可能賺大錢。這不是在玩遊戲，而真正的訣竅——同時也是相當困難的關鍵——就是要把藝評當作正職，或者，您要是喜歡的話，也可以稱其為藝術專家。如果您希望我為您鑑識某幅畫的真偽，我很樂意向您收費；要是您為了要購買下一次的藏品而向我尋求建議，我可以免費提供諮詢。」我舉起空杯，「不過，要再向您討杯酒就是了。或者，我也不能使用吧檯了嗎？」

「我去拿酒。」卡西迪離開書房，不久之後就回來了，手裡拿著一瓶已經開封的順風威士忌與裝滿冰塊的塑膠冰桶。我倒了兩指高威士忌，加了兩顆冰塊，點燃香菸。卡西迪從書桌上拿了一本黃色拍紙簿，坐下來，打開墨水筆的筆蓋。

「詹姆斯，我沒有需要你認證的畫作，也不需要你提供藏品建議。但既然你自己開口了，你說說自己的想法吧？」

我決定講出自己深感興趣的計畫。

「Entartete Kunst，墮落藝術。」

「怎麼拼？」

我唸出德文字母，他逐字抄寫下來。

「這是希特勒的政黨譴責現代藝術的用詞。當時，希特勒陷入道德的超級狂熱，官方底線是民俗藝術，或是群眾藝術。而現代藝術具有主觀個人角度，被認為是政治與文化的無政府思維，所以希特勒狠心下令查禁。其實以前就和現在一樣，沒有人能夠篤定說出現代藝術到底是什麼東西。所以，在一九三七年七月的時候，他們在慕尼黑開了一個現代藝術的展覽，只開放成人參觀，以免小孩受到污染。而那場展覽的名稱就是『墮落藝術』，才能讓全德的黨員明白他們應該要防堵的究竟是什麼玩意兒。它的功能是儆戒，對於藝術家、以及覺得這種藝術有趣的潛在群眾提出警告。這個展覽在慕尼黑結束之後，又繼續在全德各地陸續展出。」

我傾身向前，「聽聽那些代表性畫家是哪些人吧——奧托・迪克斯、埃米爾・諾爾德、法蘭茲・馬克、保羅・克里、康汀斯基，還有許多其他藝術家。我的紐約家中有一份原始型錄，鎖在我書桌的底層抽屜。」

「那些畫到了現在已經變得非常值錢。」

「這些畫如今已經成為藝術史的一部分——而且，嗯，法蘭茲・馬克的所有畫作都非常昂貴。不過，要是能弄到那場展覽的所有畫作呢？當時所有的德國博物館都遭到了『淨化』，這就是他們當時所使用的詞彙，『淨化』。要是有哪間博物館正好擁有那場展覽代表畫家的作品，下場一定是被清除。有的是遭到銷毀，有的是被藏起來，還有些是偷偷運送到海外。不過，的確有可能弄到這些作品，籌辦原汁原味的巡迴展……」

卡西迪在頹廢藝術那幾個字下方劃線，然後又搖搖頭，「不行，靠我一己之力辦不到，我必須找一群人一起募款，所以——不行，對我來說太不划算了。還有沒有其他的構想？」

「當然。不過你找我過來，並不是想要詢問我對於收藏藝術品的想法。」

「沒錯。詹姆斯，基本上你和我都是很誠實的人，而且，我們在各自的人生路途之中、同樣野心勃勃。某個不誠實的舉動，不會讓某人就此成了不誠實的人，如果僅有這麼一次的話，也不會毀了他的誠實性格。我的意思是，輕微的不誠實舉動，其實，真的是微不足道。詹姆斯，假如你現在有個機會，可以訪問……」他稍作停頓，以舌頭舔潤雙唇，「賈克．德比厄呂呢？」

「這根本就是我的天大榮寵！不過德比厄呂人在法國，而且在這四十年當中，他只接受過三次訪問——不，其實是四次——而且自從一年多前他家燒掉之後，就再也沒有出現過任何訪問。」

「換言之，」他咯咯笑個不停，「要是你能夠看到他的新作，與他個人好好聊一下，心情應該會是興高采烈吧。」

「不能用興高采烈，就算是拿狂喜來形容也不夠。杜象已經死了，德比厄呂是『現代藝術之大老』。」

「不需要再講下去了，我很清楚。你聽我說就好。要是我告訴你，我可以安排你與德比厄呂見面，和他一談，你覺得如何？」

「我不相信。」

「但如果是真的呢？——我現在就可以告訴你，千真萬確——你又要怎麼回報我？」

我的喉嚨與嘴巴突然變得好乾。我將塑膠冰桶微微傾斜，在自己的空杯裡倒了一些冰水，我慢慢啜飲，入喉的感覺近乎微溫。「你居心不良，你剛剛就已經做出暗示了，不是嗎？」

「不是這樣，我沒有說你個性不老實，不老實的是我。不過，反正德比厄呂本來就虧欠我，就算這麼說也絕對不成問題，而且，我本來性格就是如此。我不想要他的錢，我只要他的一幅畫就夠了。」

我哈哈大笑，「有誰不想要？不要說是私人了，根本沒有任何一間美術館擁有德比厄呂的作品。要是你有的話，你就是這世界上唯一的收藏家！就我所知，現今只有四名藝評家有幸能夠親炙他的作品。可能還有一兩個傭人看過他的畫，我不知道——也許多年前的某些情婦吧，依然勇健、還能拈花惹草的那個時代，不過，從來沒有人——」

「我知道，而且我想要一幅畫。我幫你安排專訪，你幫我偷一幅作品當作回報。」

我放聲大笑，「等到我竊取成功，只需要把它偷偷從法國運來這裡，是嗎？」

「錯了。好，現在我必須聽到你答應我，我才能繼續說下去，要，或是不要。我幫你安排專訪，你替我偷一幅德比厄呂的畫。沒有畫，就沒有專訪，你自己好好想清楚了。」

「這是假設題？」

「不，這是事實性提問。」

「我會，我一定會，就這樣，要是他有作品的話，我就偷一幅給你。根據報導，他家中的一切因火災而全部燒光了。要是他自此之後再也沒有任何作品，那麼——」

「他有，我知道他還有作品。」

「那就一言為定了。」

我們起身，慎重握手。我的手心已經一片汗濕，他也是，但我們還是使出全部力道、緊緊相握在一起。他拿了雪茄盒，要請我抽一根，我搖搖頭，坐下來，又倒了一杯酒，但隨即轉念放棄，不需要了。我的頭輕飄飄的，簡直快暈了。心跳飛快，彷彿一口氣吞下了六隻蝴蝶。

「德比厄呂……」卡西迪哈哈大笑，但那不算是真正的笑聲，比較像是悶哼冷笑，「他人在佛羅里達，南方約五十多公里的地方，從七號州際公路過去就是了。老弟，這就是我所謂的不誠實行為，我剛才洩露了某名客戶的隱私，你也知道，律師不該做出這樣的事。不過，既然我開了口，剩下的部分我就全部告訴你。

「早在八個多月之前，他們就開始安排德比厄呂前來佛羅里達州的各項手續，我是這裡的居中協調者。處理他出境的是巴黎的某間律師事務所，他們請我幫忙，我也免費提供協助，這一點我是樂意之至。我租了房子——訂了一年的契約——找了個黑人女傭一個禮拜過去一次，幫忙打掃，我還在珊瑚閣市的雷克斯美術用品店幫他買美術用品，到機場接人，這些大大小小的事都由我來負責。你也很清楚，他是個窮光蛋。」

「你現在是他的金主？」

「不，不是，經費來自『德比厄呂之友』協會，你——」

「我自己每年會捐給他們五塊美金，」我露出賊笑，「要是賺得多，我就會把它和其他我贊助的慈善團體一起列舉出來，可以減稅。」

「沒錯，就是那個單位。巴黎的那些朋友透過那間律師事務所，寄給我小額經費，多少算是有定期給付——反正沒差——讓他有零用錢可以花用。因為他不太需要用錢。房子租金很便宜，因為地點很爛。原屋主是退休人士，建造這房子是為了養雞。他試了六個月，對於養雞業依然一竅不通，最後就回去底特律了。他想要賣這房子已經長達兩年之久，能夠得到一年的預付租金當然很開心。」卡西迪微笑，「我甚至還為這老先生取了個假名——尤金・V・德布斯[1]，你覺得這名字怎麼樣？」

「讚！」

「是超讚。德比厄呂從來沒聽過德布斯這號人物。好，差不多就是這樣。」

「我看不只吧。他進入美國，怎麼會完全沒有記者發現呢？」

「這一點完全不成問題。巴黎到馬德里、再轉到波多黎各，透過聖胡安入關，轉到邁阿密——而且，他是靠學生簽證入境。誰會去懷疑一個持學生簽證的九十多歲老人？而且德比厄呂在法國也是普通到不行的姓氏，星期天的時候，從加勒比海起飛、到達邁阿密的班機約有六十班，這是全球最繁忙的機場。」

我點點頭，「也是全球最醜的機場。所以他已經在佛羅里達州待了八個月？」

「不能這麼算。八個月之前開始協調，花了一些時間才讓一切就緒。有趣的是，這位老先生真的在當學生。我先前已經提過了我與芝加哥大學的深厚淵源——嗯，從九月開始，德比厄呂將要修習十二學分的大學課程，由芝加哥大學負責函授教學。」

「他的主修是什麼？」

「成本會計與管理。我已經找了自己的一名年輕手下負責這些課程，他不費吹灰之力就能輕騎過關，而且應該可以為這位老先生拿到優異成績。是這樣的，持學生簽證入境，必須一學期修滿十二學分才能合法留在美國。只要維持不錯的學校成績，待到什麼時候都不成問題。」

❶ 美國工運人物，姓氏發音接近德比厄呂。

「我知道，但為什麼是我？為什麼不是你自己下手偷德比厄呂的畫？」

「他會知道是我偷的，這就是關鍵。我把他安頓好之後，他告訴我，不希望我去訪視他，因為他想要保有隱私。但我還是過去了兩次，一直纏著他要畫。最後一次，他勃然大怒，而且，他的工作室總是上鎖。我想要他的畫，什麼都好，就算沒有人知道我有他的畫也沒關係，現在這個階段，我自己知道就夠了。當然，要是你能夠成功訪問到他——這就要看你的本事了——而且寫出有關他新作的文章——他也沒幾年好活了——屆時我就可以拿出我的藏畫，公諸於世，你說是不是？」

「我明白了，你將會創下這十年來收藏界空前絕後的壯舉——但我呢？」

「無論最後結果如何，你還是有好處的。我說過，我已經打探過你的背景，你這個人充滿了野心，而你將會成為獨訪偉大的賈克·德比厄呂的第一個、也是唯一的美國藝評家，等到你偷了他的畫之後，他一定再也不會接受任何人的訪問。」

「時間表呢？預計何時完成？」

「這倒是沒有，一切由你定奪。」他在黃色拍紙本寫下地址，畫了七號州際公路與通往波頓海灘小路的草圖，「要是你錯過了岔道，恐怕就沒辦法找到德比厄呂住所的路，因為那是泥地，而且在高速公路上也看不到，要是繼續往前開個八百公尺，你會看到汽車電影院，這就表示錯過出口，得要馬上掉頭回去。」

「他知道我要過去嗎？」

「不知道。這一點對你會是問題嗎？」

「他當初為什麼決定要來佛羅里達州？」

「你自己問他吧，你是作家。」

「搞不好他一看到我就關上大門，那我該怎麼辦？」

「誰知道呢？我們已經達成了協議，就這樣，而且也握過手了。我很清楚我負責的事，你理應也是如此。還有疑問嗎？」

「沒有了。」

「很好。」他站起來，這突如其來的動作表示我們的談話已經結束，「你打算什麼時候開車下去？」

「這是我的事了。」我大笑，伸手向他致意。

我們再次握手，卡西迪客氣詢問是否要幫我打電話叫計程車。幫我叫車、讓我自己出錢，這就是他所謂的「護送費格瑞斯先生安全到家」。

我拒絕了，搭乘電梯下樓。為了要釐清思緒，我想要慢慢散步回家。夜晚溫暖舒適，我走在安靜的街道，有輛棕櫚灘的警車十分體貼，刻意與我保持相隔一個街區的距離、尾隨著我回家。我不覺得有問題，警察只是想要確定我可以安全返家。棕櫚灘，還有霍布海峽，應該是全美維安最滴水不漏的城市。

現在，我只有一個人了，我興奮異常，幾乎無法好好思考。我最喜愛的藝術史時代，第一是達達，第二是超現實主義。由於我在巴黎的時候，對於這兩個運動充滿了興趣，就許多方面來說，我對二〇年代巴黎藝術場域的了解，更勝於參與其中的多數成員。而德比厄呂——賈克．德比厄呂！德比厄呂是關鍵人物！是劃分達達主義與超現實主義界線的象徵，如果，真的可以畫出那條界線的話。

我現在精神大振，我知道自己睡不著。我準備要弄一壺咖啡，趕緊記下我記得的德比厄呂背景，為專訪做準備。明天，我心想，*就是明天！*

我轉動鑰匙，開了門，萬萬沒想到裡面已經開了燈。柔和的光線從浴室流瀉出來。站在浴室門口、身穿灰藍色短睡衣的背光人形，是我的黃褐色濃密長髮的學校老師，她露出了筆直如劍的長腿，雙膝顫抖。

貝瑞妮絲涕淚縱橫，「詹姆斯，我——我回來了。」

我點點頭，不發一語，高舉著雙臂，等她衝入我的懷抱。等到她心緒平靜之後，我心想，等一下要叫貝瑞妮絲沖咖啡，她煮的咖啡好喝多了……

5

德比厄呂是很難解釋的藝術家，趁著喝咖啡的時候，我開始向貝瑞妮絲娓娓道來：

「No pido nunca a nadie這句話可以說是德比厄呂一生奉行規範的精華總結，我翻譯一下，它的意思是，『我對任何人都一無所求』。」

「詹姆斯，這應該是我第一次聽到你講西班牙文。」

「而且可能是最後一次。我們從聖胡安搬到紐約後沒多久，我就不說西班牙文了。當我一發現大家原來對波多黎各人抱持的是那種觀感，我也改掉了自己的西班牙口音。不過，No pido nunca a nadie這句西班牙文聽起來比英文有力多了，因為它的雙重否定並不會像英文一樣造成互相抵銷的效果。而這就是德比厄呂的一生故事，從來不討好任何人，雙重否定的事件一再上演，他從來沒想要討好任何人，最後卻讓大家驚豔。」

「不過，你為什麼要放棄講西班牙文？」

「我想，是為了要證明我自己，波多黎各人不僅僅是和別人一樣優秀，甚至是略勝一籌。而且，我父親也會做出相同的舉動。」

「不過你父親已經過世了，你告訴我——」

「沒錯。我十二歲的時候他就過世了，但就實際狀況來說，我一直沒有父親。妳也知道，我還不到一歲的時候，他與我媽媽就已經分居。他們是天主教徒，所以一直沒有辦離婚，但我母親透過教堂辦了半正式的手續，讓他們可以順利分居。我們生活無虞，他過世之前，一直有寄錢過來，後來，母親與我拿了保險金與賣掉聖胡安房屋的收入，搬到了紐約。」

「但你偶爾會與他見面吧？」

「沒有，從來沒有。自從他們分居之後，從來不曾見過面——不過，當然是有照片。貝瑞妮絲，所以我的處境才會如此艱困。我沒有真正的父親，只有一個想像的爸爸，一個必須為自己憑空捏造的爸爸，而且他很可能是妳把他稱之為hombre duro的那種人——也就是硬漢。」

「詹姆斯，這是什麼意思？你刻意給自己找麻煩嗎？」

「沒那麼簡單。沒有父親陪伴的小男孩沒辦法培養出超我，而你要是沒有辦法在自然狀況下得到超我，就必須想辦法自己營造——」

「這想法很蠢。超我只是『良知』的術語罷了，而明明每個人都有良知。」

「貝瑞妮絲，隨便妳怎麼說吧。不過，佛洛姆和羅洛．梅恐怕不會同意妳的觀點。」

「詹姆斯，有時候我真的是搞不懂你。」

「因為妳的個性就像是海明威《午後之死》當中的那位老太太。」

「我從來沒看過那本書。主題是關於鬥牛對不對？」

「不，那本書是關於海明威，他藉由鬥牛、向我們闡述他自己。妳可以在《午後之死》當中學到許多有關鬥牛的知識，不過，你所得到的生死體悟，才是海明威想要表達的一大重點。」

「那位老太太是……？」

「《午後之死》裡的老小姐總是愛問一些不相關的問題。結果，她還是不怎麼了解鬥牛或是恩斯特．海明威，到了結尾的時候，海明威就讓這位老太太消失不見了。」

「我不是老太太，我是年輕小姐，還有學習能力。而且，我想要更了解你，我應該要好好聆聽你談藝術的事，因為這對你來說就像是生死一樣重要。」

「這麼說也是沒錯。」

「我就是這個意思啊。」

「想不想聽賈克．德比厄呂的事？」

「太好了！」

「既然這樣的話，我就先不介紹基本的背景架構，遇到該補充的時候，我再解釋相關內容。嗯，我就——嗯，妳先不要問任何相關問題，一直保持安靜，我才能好好講清楚，可以吧。好，之後妳就會明白我對於有機會能夠見到賈克・德比厄呂為什麼會這麼興奮，我告訴你，在我所知的範圍之內，關於他的專文我已經全都讀過了。探討的範圍很廣泛，但是觀點卻很狹隘。」

「真正看過他的作品、以第一手體驗撰寫他作品的只有四個藝評家，全部都是歐洲人。我將會是第一個能夠仔細檢視他作品的美國藝評家，而且那是先前從來沒有人看過的全新創作。在我的藝評生涯當中，這將是我第一次看到全球最著名藝術家的虛無超現實主義最新作品。而且，之後我也有機會評論那些藝評家先前探討德比厄呂的專文、並且將自己的意見與他們的互相比較。

「在當代藝術史的演進過程之中，累積德比厄呂名聲一連串的巧合因素，的確不可思議。他個性低調，聲勢卻一路扶搖直上，表面上看起來不費吹灰之力，但這並非事實。大眾總是對新人充滿了無所不在的敵意，藝術界更是如此。其實，對於此一世紀早期的印象派、表現主義、至上主義、立體派、未來主義、達達主義、超現實主義，早已有數百本著作提出了許多詮釋性意見。所有的主要創新者都曾經被仔細檢視，但也有許多畫家依然完全無法留名。而且，還有比較小型的運動興起之後就消失無蹤，沒有留下任何紀錄。這類運動的數目到底有多少，沒有人知道。

「不過，在我待在歐洲的那一年之中，我真正有興趣的反而是這些小型運動。妳也知道，這是可以贏取名聲的方法之一，要是我當初能夠找到其中一個仔細鑽研，某個被人遺忘、讓我可以好好書寫，建立其藝術史地位的運動，證明它其實很重要，但卻一直遭人忽略，那麼我就可以立刻展開我的藝評生涯，而不是待在紐約市立學院、對毫無興趣的會計系學生開藝術調查的課程。

「在一次世界大戰前後、以及戰爭的這段時間，藝術的新發展把巴黎搞得熱鬧非凡，幾乎每天都會有新團體誕生，新宣言起草完成，之後就是爭論、打架、解散。

「隨便三個畫家在小餐館裡相遇，熱情討論直到半夜，決定要成立自己的小派別組織。然後，他們一邊喝酒，一邊爭論，熬夜起草新的宣言，到了黎明時分，他們已經互看對方不順眼。

「當然，巴黎是二〇年代初期這場動盪的中心，幾乎每天都會出現新的小團體、新起草的宣言，之後就是開始爭辯、鬥毆，以及瓦解。

「他們整晚沒睡，帶著因怒火而青白的臉龐，在珠母色的晨光之中，各自前往自己的工作室，他們的新運動還沒開始，就已經作廢了。

「這類的小型運動數目不少，不過，在零星的媒體曝光之後，也只能撐個幾天或幾個禮拜，而大多數的運動都根本是提前陣亡，沒有人注意到，成立的衝動稍縱即逝——不然就是成立的理由毫無特殊之處。那些幸運又知名的運動就是持續得夠久，才能影響到夠多的仿效者，在藝術史留下一席之地。比方說，立體派，這個讓閱聽眾聽了就是爽快的詞語，正是其中之一。

「當然，法國是一九二〇年代初期的漩流中心，不過，新鮮刺激的藝術表達形式的突擊行動，卻並非侷限在法國而已。

「我待在法國的那一年，一直想要找到這些小型運動的可靠證據，但苦尋無果，反而是前往布魯塞爾與德國的小旅行讓我更加興奮不已。

「在布魯塞爾的時候，有一對葛林兄弟，赫爾與漢斯，他們自稱為『葛林主義者』，花了好幾個月的時間待在陰暗的礦坑裡，收集形狀特殊的煤塊，然後以此為主題開展，他們把煤塊放在白緞枕頭上面，稱之為『天然』雕刻品。不過，才不到兩天的時間，冷得發抖的比利時人開始偷竊這些展出的煤塊，展覽也只好關閉了，比利時人民個性實際，一九一九年冬天氣候嚴寒。這對葛林兄弟自成一格，創造出『發現』藝術——」

「詹姆斯——當你說你自己沒有超我或是良知的時候，是否意味你從來沒有在做過壞事之後，感到良心不安？」

「有，有過一次。我認識某個哥倫比亞大學的助理教授，他是位人類學家，妻子死了。他將她火化之後，買了一個五百美金的漂亮骨灰罈，安放她的骨灰。他把骨灰罈放在家中的書桌上面，提醒自己那句拉丁格語：『記得人終有一死』。妳也知道那些人類學家，對於儀式、葬禮、陶器——那種性質的東西，一向非常熱衷。嗯，他太太死於肺結核。

「我從來沒見過他的第一任妻子，但看過他的第二任妻子，她是他的研究所學生。男人，就和女人一樣，再婚時所挑選的對象，通常都是同一類型的人——」

「才不是這樣，我以前就從來沒遇過像你這樣的人——」

「貝瑞妮絲，但妳從來沒結過婚。而且我在講的是某名再婚的鰥夫，對妳來說，這個人的姓名不重要，不過，我可以告訴妳，他是漢克．葛德海根博士。反正呢，他的第二任妻子克萊兒，也疑似有呼吸道感染問題。有時候，當他們在吵架的時候，漢克會伸手指向那個骨灰罈說：『我的第一任太太，就在那個骨灰罈裡面，和現在的妳相比，她個性好多了，那樣的老婆比較可愛！』」

「講這種話真傷人！」

「是不是？有時候，我忍不住心想，不知道她到底是說了什麼話會把他激成這樣，但這段婚姻也沒有維持太久。他們某個週末去新罕布夏州滑雪，克萊兒得了大葉形肺炎，死了。為了要替漢克省錢，我建議他就把克萊兒骨灰放在他第一任妻子的骨灰罈裡面。」

「但為什麼……？」

「骨灰罈裡面還有充裕的空間，有何不可？再買一個昂貴的骨灰罈，又有什麼意義？要是他買了一個比較便宜的骨灰罈，就等於向朋友暗示他覺得克萊兒的地位不如第一任妻子。不過，我的建議卻反而引發了反效果。漢克照做了，從此一直盯著那個骨灰罈，一直擔憂兩女混雜在一起的骨灰，最後就發瘋了。這是我的錯，所以我為此心情低落了好幾個禮拜之久。」

「詹姆斯，這不是真的吧？」

「不是，純粹是我瞎編，只是要讓妳開心而已。因為呢，妳看起來就像是喜歡聽故事的老太太。」

「不，我才不是——而且我不喜歡那樣的故事！」

「我要繼續講德比厄呂的故事，而且我保證絕對比葛德海根博士的雙妻情節有趣多了。」

「詹姆斯，抱歉打斷你，讓我再幫你倒杯咖啡吧？」

「那就麻煩了。現在讓我先告訴妳有關由威利．布特納在柏林所創建的『史卡特洛基斯舒爾』，戰後德國的政治藝術。『史卡特洛基斯舒爾』很可能是全歐洲有史以來最短命的展覽紀錄，從開展到關展就只有八分鐘而已。布特納先生與他的三名大膽參展者、還有他們的傻蛋模特兒——她否認自己與這場展覽有關，但明明每幅畫都可以看到她的身影——全部被送去坐牢。那些畫作都遭到查扣，再也無法公開展出。根據謠傳，這些猥褻的情色畫最後成了戈林將軍的私藏，據信現在全在俄羅斯，但沒有人知道真相。雖然許多人都知道那場展覽，但我完全找不到曾經親眼見證的目擊者，這是我在歐洲時的另一項挫敗經驗。

「到了六〇年代早期，所有的蛛絲馬跡都已經年代太過久遠，難以成為確切證據。我到得太晚了。歐洲經濟大蕭條與二次世界大戰摧毀了這些明證。我依然覺得，對於這些所謂次級運動的嚴重漠視，對藝術史來說很可能是無法計算的損失。現在就與以往一樣，藝評家只挑極少數的畫家作為他們年代的代表人物。而我們也只會記得第一個冒出頭的人物。任何一名運動專欄作家都會記得傑西．歐文斯是一九三六年奧林匹克運動賽中最快的跑者，不過他們並不會想起與他只有相差百分之幾秒的亞軍與季軍到底是誰。

「所以，賈克．德比厄呂能夠獲得注目，簡直是個奇蹟。回想那個混雜了希望與幻滅的特殊二〇年代，想要能在眾多藝術家之中脫穎而出、聲名大噪，似乎怎麼也輪不到他，而且他一直刻意與媒體保持距離。

「光是靠一個畫家，一個原型，很難就此建構出某項運動。不過，德比厄呂卻在巴黎藝術圈橫空出世，宛若凸出的中指。巴黎的藝評家都不知道他第一次開個展的日期，他們也知道這一點讓他們很尷尬。有關德比厄呂被挖掘的細節、以及他對於其他畫家所造成的影響，在奧古斯特・赫普曼名為《德比厄呂》的專書之中，有相當長的探討篇幅。就德國學者的作品規模來說，這並不是一本大書，不過卻詳實記錄了德比厄呂的原創成就。

「探討德比厄呂的出版品，遠遠比不上帕布羅・畢卡索。不過，在其他當代著名畫家的傳記與自傳當中，卻總是會意外看到德比厄呂的名字——通常是在奇怪的情境中出現。他們會經常提到他名字，其實也沒什麼好驚訝的，在德比厄呂進入藝壇之前，他早就已經是其中的一分子，因為他為這些畫家裱框，與他們熟識，而且交情很好，大部分都是一戰時代或戰後的頂尖畫家。」

「他是裱框師傅？」

「一開始的時候，沒錯。米羅、德・基里科、曼・雷、皮埃爾・洛伊，以及其他畫家認為去他的小裱框店十分方便。他也讓他們賒帳，等到他們的作品能夠賣錢之後再還債就行了，他們的確需要賒帳。在有關戰後重要藝術發展歷程的研討出版品當中，德比厄呂的名字屢屢被提及——因為他是關鍵人物，也認識所有參與的藝術家。不過，他與其他先驅者唯一的共通點，就是因才華而成了藝術創始者，他是公認的虛無超現實主義之父。對了，最先發明這個詞彙、定義德比厄呂作品的其實並不是他本人。

「瑞士專欄作家兼藝評人，法蘭茲・莫里康德，是第一個提到德比厄呂時使用這個詞彙的作家。有了這個標籤，從此就根深蒂固了。這個詞語最早出現在莫里康德刊載於《法國水星》裡的文章，篇名是〈他只是放了東西？〉。此文並不算深入，但是其他藝評家卻立刻從文章中抓出了『虛無超現實主義』這個語彙。妳看，我們需要一個適切生動的橋接詞，才能夠清楚劃分達達主義與超現實主義。兩邊都數次想要將德比厄呂納入自己的陣營，但他從來就不是這兩邊的成員。達達主義與超現實主義都具有強烈的哲學論述基礎，但沒有人知道德比厄呂到底傾向哪一邊。

「在挖掘藝術家、奠定名聲的過程當中，其中一項要素就是機運，但許多現代藝評家都無法相信的是，德比厄呂的許多藝術家好友派人去看德比厄呂的個展、當作是報答他的方式。在他那間位於蒙馬特、宛若牆洞般的小裱框店裡面，他曾經完成了許多昂貴的裱框，但也有些是完全免費，對象就是那些得在幾個月之後、才能以高價賣出畫作的年輕畫家。被費茲傑羅稱之為『擠滿一船又一船的瘋狂美國人』，在經濟興盛時期來到法國，每個人攜帶的現金都是五十美元以上，他們買了許多畫作，而這些賣出畫作的畫家，並沒有忘記德比厄呂給予他們的恩惠。

「雖然已經有了赫普曼的書，但德比厄呂第一次也是唯一的個展，依然瀰漫著一股神秘氛圍。沒有印製邀請函，而且也沒有宣傳海報與報紙管道，他甚至也不曾向自己的朋友提到有這個畫展。某一天，而詳細日期一直到現在還是無人知曉，某張小小的手寫卡片出現在他裱框店對外窗的展示架上面，『賈克．德比厄呂，一號，僅開放洽詢者入內參觀。』作品名稱是以英文拼出的一號。」

「他為什麼不用法文？」

「貝瑞妮絲，好問題，但其實沒有人知道答案。根據文學批評家里昂．曼德林的說法，德比厄呂使用英文，而不是法文，可能也對薩謬爾．貝克特造成了影響，讓這位文學家以法文寫作，放棄了英文。不過，藝術界人士都認為，在法語能力有限的美國觀光客蜂擁來到巴黎藝術現場的時候，德比厄呂這個舉動非常聰明。湊巧的是，使用數字作為畫作名稱，德比厄呂也無疑是藝界第一人。羅斯科一向只以數字作為畫作名稱，他雖然沒有正式宣告，但也曾在私底下表達自己對德比厄呂的感激之意。這一點之所以這麼重要，是因為有好幾名藝術史學者誤以為羅斯科是以數字為畫作命名的始祖。德比厄呂從來沒提過這件事，他也從來不評述自己的畫作。

「而接下來的這個重點，無庸置疑。《一號》出現在達達主義之後，超現實主義之前，所以成為連接本世紀兩大主要藝術運動的個人橋梁。而德比厄呂的虛無超現實主義反而成為這三項運動中最重要的一環。回首過往，我們很容易就可以看出德比厄呂如何擄獲了殘餘的達達主義者的心，他們慢慢拋棄了達達風格，面對逐漸興起的超現實主義者，好不容易贏得的認可也逐漸失去了優勢。現在，妳也可以明瞭為什麼超現實主義者如此急著要宣稱德比厄呂是他們的一分子。不過，德比厄呂依然自成一家，他不承認也不否認自己隸屬於那兩邊，他的作品為他說明了一切，創作本應就是如此。

「《一號》的展覽地點在某個清空的小房間——本來是傭人的臥室——從德比厄呂樓下的工作室走一段短短的階梯就到了，這是為那幅畫所特意營造的環境。要求看畫的訪客——不需收費——由藝術家親自陪伴上樓，然後留對方一人獨自賞畫。

「一開始的時候，觀者的眼睛必須逐漸適應對牆的唯一骯髒高窗透入屋內的自然濁光，而能夠看到的就只是一個精美的畫框，掛在牆上，裡面完全沒有畫作。要是靠著火柴或是打火機的光線輔助、進一步細看，就會發現那個有巴洛克漩渦形裝飾的鍍金畫框正好封住了灰色水泥牆的某道隙縫。吊線，以及打入牆內、支撐吊線與畫框的釘子，也都非常顯眼。要是觀者後退的距離夠遠——那麼，畫框，再加上以釘子懸吊、約成二十度的吊線——頗像是遠方的山景。」

貝瑞妮絲嘆氣，「我不懂，我覺得這一切都不合理啊。」

「沒錯！不合理，但並不是胡說八道。這是以理性陳設的非理性作品。德比厄呂的虛無超現實主義，就像是達達與超現實主義一樣，毫無理性，這就是達達與戰後其他許多藝術運動的重點。扭曲，非理性，還有不合理的物件並列陳設。」

「那些評論者怎麼說？」

「評論者發表在報紙上的言論並不重要。貝瑞妮絲，妳應該知道，評論家與藝評家有所不同。評論家把藝術當成了商品在處理，他們每個禮拜得要看三、四場畫展，對待作品的方式很膚淺，這已經是最客氣的說法了。然而，藝評家的興趣是美學，以及將作品放在事物體系裡檢視——甚至將其視為某種行為模式。」

「好吧，那藝評家們是怎麼看待《一號》？」

「討論十分豐富。但一開始就討論結構的評論，通常也就僅止於此，尤其是那些認定每一個藝術品都應該是autotelic的藝評家。autoteic的意思也就是——」

「我知道autotelic是什麼意思。我大學修過文學評論，而且我是英語系的畢業生。」

「好，那是什麼意思？」

「表示某件藝術作品的自身已經很完整。」

「沒錯！那麼它還有別的含義或是暗示嗎？」

「就那樣而已。詩啊或是其他什麼的，都應該以作品本身來看待，不需要參考其他部分。」

「沒錯，但不止於此。它意指在評論作品的時候，不該牽涉藝術家本身的因素。雖然我是結構主義者，我不覺得有任何的作品——包括了詩作、繪畫、小說——能夠自呈完整性。創作作品中到處都可以看到藝術家的性格，而藝評家必須要深入挖掘，就像是闡述結構與形式一樣。就拿職業橄欖球來說——」

「我喜歡，這比繪畫有趣多了。」

「對妳來說，是的，但我只是想要做個類比而已。優秀的藝評家就像是一個厲害的橄欖球電視主播，我們和他看的明明是同一場比賽，但是他卻能夠為我們深入剖析比賽結構與模式。他還會解釋這場比賽有哪裡發生失誤、哪裡可圈可點，他也能夠告訴我們接下來可能會出現什麼樣的進展。而且，因為有了即時重播的功能，他甚至還可以利用慢動作畫面、讓我們看到拆解式的分析方式。有時候，我們在藝術評論的領域、以幻燈片放大某幅畫作細節的時候，也等於在進行相同任務。」

「你的類比沒有辦法解釋橄欖球賽裡的『人格』因素。」

「錯了，明明有。如果是由四分衛負責指揮的話，發動攻擊的是四分衛。有時候，是教練派替補球員入場、傳達新的進攻指令。要是主播不知道教練或是四分衛的性格，以前曾經做出哪些舉動，他對於整場比賽架構的解釋會變得很薄弱，懂了嗎？」

「懂了。」

「很好，那麼妳應該不難了解《一號》為什麼如此成功。一次只能容許一名觀眾看畫，但是這位藝術家並沒有限定時間。有些人立刻下樓，還有的人則是待了一個多小時，對底下等候的觀眾造成不便。不過，根據赫普曼的說法，有許多人都是重複造訪。

「有位出身塞維亞的西班牙老貴族造訪了巴黎六次之多，唯一的目的就是要再多看一次《一號》。他們並沒有記錄來訪人數，但前往德比厄呂店面看畫的人數之多，早已創下了眾所周知的紀錄。當時的每一個巴黎藝術家都過去朝聖，通常還會帶朋友同行，《一號》成了熱門話題。

「報紙有零星消息曝光，德比厄呂在歐洲藝術評論圈所引起的重要關注，再加上口耳相傳的展覽討論，讓他的藝廊訪客是絡繹不絕，直到一九二五年五月二十五號，他為了要從事全職繪畫，賣掉了房子，展覽才就此結束。

「當然，《一號》是一個造成眾說紛紜、引發對立意見的作品。比方說，畫框所遮蓋的那道隙縫，可能是德比厄呂掛上去之前就已經存在——或者，也有可能是藝術家故意搞出來的，心證或許主觀，但這是每一個藝評家都必須自行決定的基本判斷。在此一主要前提之下所做出的結論，也開啟了正反不一的兩大詮釋評論路線，作品意涵到底是直白還是幽微？也引發了媒體圈的激烈波瀾。無論抱持任何意見，都表示必須要親自造訪一趟才行，這間小小的藝廊就成了到訪巴黎的外國記者與藝術學者的『必訪之地』。

「大部分評論者的重點都是畫框裡那個凹凸不平的裂痕。不過，也有些人認為這樣的觀點並不成熟，因為要是移走了畫框，那條隙縫並沒有辦法跟著一起移動。藝評家必須要討論的是現存的事物，而不是可能存在的現象。而他賣掉了那家店之後，就再也沒有展出那幅作品。而大家最後也產生了共識，就連那些討厭這幅畫的人，也都一致認同那道裂痕象徵了傳統學院藝術與二十世紀新藝術之間、無可彌補也無法避免的隙縫。換言之，《一號》為我們所導引的方向，正好是哈羅德．羅森堡所稱的『新派之傳統』。

「當時，通常都帶有性意涵的佛洛伊德派詮釋蔚為主流，不過，最嚴重的分歧其實是達達主義者與超現實主義者對於那幅畫非理性層次的爭辯。大部分的超現實主義者（布紐爾除外）都認為德比厄呂太前衛了，衝過了頭，已經再也沒有退縮的可能。而許多達達主義者對於巴洛克風格的鍍金畫框感到很感冒，認為德比厄呂彰顯非理性的程度還不夠到位，無法凸顯明確的無意義特質，但沒有任何一個團體否認《一號》對彼時藝術的重大影響。

「到了一九二五年，超現實主義已經失去了藝術地位的優勢——不過它在三〇年代風潮再起，而且在五〇年代早期又注入了新的能量。而在一九二五年的時候，那些沒有加入安德烈．布勒東陣營的殘存達達主義者，大部分也都已經解散了。然而德比厄呂的展覽一直到結束的那一天，依然是大眾相當關注的焦點，市面上甚至還有兩套不同的旅行社巴黎專屬導覽行程，裡面的成員包括了美國人。

「等到虛無超現實主義奠定地位、成為獨立的藝術運動之後，許多人都盼望聽到德比厄呂發表演講，當然，他拒絕了這些邀約——」

「當然？講者不是通常會拿到錢嗎？」

「對，而且他拿到的薪酬想必一定很高。不過，藝術家不會讓自己處於守備位置，要是擔任講者，勢必得面對這種窘境。該發言的是藝評家，他歡迎各式各樣的提問，因為他的職責就是要解釋藝術家的行為。對於那類的事物，藝術家並沒有受過專業訓練，他的作為只會讓自己更屈居下風。現在有某些畫家會帶著好幾疊的作品幻燈片、在全美巡迴演講，但他們不擅辭令，令人尷尬。我想，那樣的金錢報酬很難拒絕，不過，到了最後，他們會被自己擊潰，否定自己的作品。對於想像力十足的藝術家來說，演講台上並沒有他們的空間，詩人與小說家亦然，而畫家的處境也是如此。」

「就像是《紐約時報書評》的投書版面一樣。」

「沒錯，至少對詩人與小說家來說確是如此。至於紀實類作家當然有權利演講，他撰寫自己的書的時候，已經執意提出了某個論點，而且他理直氣壯，當然可以予以捍衛。不過，畫家的作品已經言明了一切，而藝評家可以為那些無力解讀的觀眾細細詮釋。」

「如此看來，你必須對藝術家負責，也需要對社會大眾負責。」

「我知道，這就是我一直在講的重點。不過，這也是挑戰，而這正是我之所以對於訪問德比厄呂如此興奮的原因。當德比厄呂關了店面與展覽，準備離開巴黎的時候，他曾經答應接受某名《巴黎晚報》記者的訪問。他對於自己正在進行的創作計畫沒有吐露半點口風，只有提到他的畫作意義太過私密，無論對於他的好友或是一般大眾來說都是如此。他說，他已經決定了，未來的作品不會公開展出，他認為無法針對他的作品寫出睿智文章、不夠格的那些藝評家，也沒有機會看到他的作品。

「換言之，就算社會大眾無法看到，但他還是為『夠格』的藝評家們留了一道門縫。

「有無名人士提供了蔚藍海岸的別墅，送給了這位藝術家，而他也接受了對方的好意，這樣的餽贈並沒有對價關係。他不是有錢人，但是賣掉蒙馬特的商店，還是可以讓他應付好幾個月的開銷。後來，《巴黎晚報》記者問：『如果你拒絕展覽，也不肯賣畫，那要怎麼生活下去？』

「『這個啊，』德比厄呂回道，『我並不在意。藝術家有太多事情得處理，沒時間操心那種事。』德比厄呂一手擁著情婦，進入了在一旁等待的計程車、前往火車站。

「也許就是他回答時所流露的那股天真，立刻讓他的那群畫家好友們開始焦慮不安。反正，在他離開巴黎之後的那一個月，他們就匆匆成立了某個名為『德比厄呂之友』的組織，一直沒有解散。」

「也有人為艾略特成立了類似的組織，但後來解散了，那個團體的目的是希望能讓艾略特辭掉銀行工作。」

「我知道，不過艾略特在出版界又找到了其他工作。而就我們所知，德比厄呂除了自己的作品之外，再也沒有裱過任何畫框。『德比厄呂之友』在巴黎舉辦了第一場募款餐會，之後也不曾間斷，而募得的款項也可以讓這位藝術家每年領取微薄的津貼，藝術愛好者也會每年固定捐款。在我研究所畢業之後，每年會至少捐給『德比厄呂之友』五塊美金。

「在二次世界大戰的時候，德軍對德比厄呂手下留情。幸虧當時有兩篇評論將他的名字與尼采連結在一起，所以他並沒有被當成『墮落的』法國藝術家。而且，他們當時也找不到他的任何作品可供檢視『缺點』。

「聯軍解放了蔚藍海岸，這裡立刻成為美軍的休閒中心。而曾經在大學裡研讀過德比厄呂的藝術史學生們，如今身穿著制服、立刻前往拜訪他。他們在家書中提到了他的名字，過沒多久之後，美國藝術圈立刻寄來了一大堆衣服、食物、美術用品還有金錢，送到德比厄呂的蔚藍海岸基地。」

「德比厄呂撐過了兩次世界大戰，也安然度過了十多次的意識形態之爭。」

「有關德比厄呂在蔚藍海岸創作一開始的那三篇評論，帶有向象徵主義致意的氣息，所以不需多作解釋也一目瞭然。『幻想』、『傾斜』以及『雨水』是初始三個『時期』的名稱——命名者是當初獲准觀看他作品的前三名藝評家。第四個時期，『類咯戎時期』，實在太深奧了，需要進一步的詮釋。」

貝瑞妮絲點頭附和。

「學術界對這四篇重要的文章可說是著力不深。幾乎沒有什麼相關出版品，針對畢卡索的『紅色』與『藍色』時期，出現了許多書籍或是針對特定時期的深度專論——但德比厄呂的幾乎是付之闕如。這一點也情有可原，因為社會大眾從來沒有看過這些畫作。

「地位崇高的藝評家傾向先檢視原始作品，或者，至少是翻拍的彩色幻燈片，之後才能做出自己的結論。直接否決或是同意曾親見作品的藝評家的觀點，會引發立論基礎薄弱的疑慮。不過，只要有關德比厄呂的新文章問世，絕對會引來極大關注。但鮮少有作家會光憑文字描述就做出進一步的判斷。」

「嗯，可以想見。」

「不過，路易斯・蓋特的文章卻顛覆了主流，在一九五八年夏日出版的《非客觀主義者》當中，他發表了〈德比厄呂：類喀戎時期〉的專文。後來這篇文章又以十多種語言重新印行，刊登在許多藝術期刊。

「其實，蓋特是鑽研客觀藝術的鐵桿純粹主義者，所以他寧可把文章發表在《非客觀主義者》，而不是稿費有十倍之多的《藝術新聞》。蓋特曾經誇張到為文指稱蒙德里安為『叛徒』，因為這位荷蘭藝術家放棄了原本的黑白調色盤，開始在他的直線式畫作中嘗試加入色彩，我無法同意他的這個觀點，但這篇討論德比厄呂的文章裡卻出現許多有力論點。然而，藝壇有諸多高手藝評家，大家莫不引頸期盼能夠一睹德比厄呂在二戰後的作品，然而，他卻選擇了某名只會以偏狹觀點看待新作的純粹主義者，讓眾人大失所望。

「『類喀戎』這樣的稱號，被公認為是某種『文學性』的貶詞。蘇珊．宋塔曾經在《巴黎人評論》當中提到自己對此一語彙是深惡痛絕。坦白說，蓋特的文章並非不敬，但卻直接表明德比厄呂已經退化。德比厄呂給他看了十多幅畫作，他宣稱可以清楚看到『雙頭的半人半馬怪物』，讓蓋特做出了這樣的結論，『大師』現在已經成了『老師』，而且，在現代藝術之中，完全沒有教導主義的空間。當然，這是純粹主義者的觀點。」

貝瑞妮絲跟著附和，「是啊。」

「反正——他成功了——由於喀戎是赫丘力士與其他希臘英雄的神秘人馬導師，所以蓋特就把這段期間命名為『類喀戎』時代。這是一種很狡猾的暗示，因為蓋特厭惡古典主義，而要是有哪個當代畫家出現了這樣的元素，蓋特都會視其為退化。」

「當然，德比厄呂並沒有表示任何意見。」

貝瑞妮絲點點頭，閉上雙眼。

「蓋特這篇備受爭議的文章出現的時間點恰到好處，重新燃起了大眾對於這位老畫家的興趣，而蓋特所描述的『雙頭的半人半馬怪物』，讓德比厄呂的新作很像是——或者，至少看起來像是——抽象表現主義，也引發了某些人的殷殷期待。一九五八年的畫壇沒什麼精采之處，除了少數幾個紐約畫家，大家稱他們為『希德尼．強尼斯的畫家』，這個稱號源自於他們的藝術經紀人，而這所謂的『紐約派』正在經歷一段過渡期。當然，德比厄呂成了大新聞，因為他在這些年當中幾乎沒有受到什麼社會關注。」

貝瑞妮絲低垂下巴，「嗯嗯。」

「某名紐約經紀人發了越洋電報給德比厄呂，願意出五萬美元的價格購買任何一幅類喀戎時期的未問世作品。德比厄呂收到了信件，寄回一張空白的海外電報——上面只有他的打字署名。這名經紀人也趁機大肆宣傳，將他的開價信與德比厄呂的回信予以放大，貼在五十七街的藝廊櫥窗。而其他經紀人爭相模仿、開出了更高的價碼，但卻沒有得到任何回覆。

「貝瑞妮絲，其實我不知道自己接下來要怎麼處理。我只知道我一定要成為第一個看到德比厄呂美國畫作的藝評家，而且我已經打算要把它稱之為他的『美國時期』！」

不過，我等於是在自言自語。我發現貝瑞妮絲已經睡著了，不禁讓我有點光火。

6

雖然貝瑞妮絲是個個頭高大的女人，但熟睡時蜷曲的姿態好無助，簡直像是個脆弱的洋娃娃。不可思議的超長濃密眼睫毛密貼在緋紅雙頰，再加上她的素顏娃娃臉睡容，讓她看起來比實際年齡還小了好幾歲。不過，因為她的輕薄短睡衣已經掀翻到屁股上方，也露出了她的巨乳豐臀，與她那天真的臉龐以及纏結的《愛麗絲夢遊仙境》女主角金髮互相對照，顯現出一股違和的成熟感。我心懷矛盾情緒，瞇眼觀察她，發現她微張翹唇的正中央有一小坨口水泡泡。

哦，原來我東拉西扯，大談賈克．德比厄呂，最後卻讓貝瑞妮絲睡著了。我打了一個不耐煩的哈欠，不知道在她完全進入夢鄉之前，到底明白了多少德比厄呂的事蹟。當然，她一直在專心聆聽，只要我跟她說話，她一向如此，但她從來不會問什麼嚴肅的問題，其實就算她開口問了也沒差。貝瑞妮絲對於藝術的興趣近乎於零——或者，只要是接近抽象的概念也一樣——有時候，我很懷疑她偶爾好不容易顯露而出的些微興趣，應該都是裝的吧，只是為了要努力討好我罷了。

除了對我這個人、或是我的性格，還有性交頻率的濃厚興趣之外，我不知道到底還有什麼事情能夠帶給她智識的啟發。她的主修是英語，而且也是這一科的老師（真的，她在中學教書），但她對於文學本質的悟性卻是出奇糟糕。

但話說回來，也不能因為她腦袋簡單就怪罪她。我偶爾也會企圖引她說出她對於文學的見解，但說出來的結論如果不是很粗淺，就是宛若鸚鵡學舌的泛論，全都是從大學英文課堂老師那裡得來的殘存記憶。她對於故事情節與角色名稱的記憶力超強，但除此之外就所剩無幾。

我猜，她應該是個不夠格的老師。她個性慵懶又善良，絕對不是那種可以板起面孔訓人的料。不過，在杜魯斯那種城市，學生都是很有可能成為共和黨人的有禮貌青少年，要是貝瑞妮絲在紐約的高中教書，不消十分鐘，那些學生就會把她這樣的弱女子弄哭。

但我又怎麼能下斷論呢？不行。她有威權，又面對的是小孩，搞不好她會引發他們恐懼、畏怯、戰慄的感受。她從來沒有提過她的工作，我覺得文法應該是她的強項，喜歡在教室裡面賣弄炫學。

戀愛中女子的性格充滿了假象。

她是不是假裝自己多愁善感？而且其他面向也是如此？某個晚上，她在「紅海盜酒吧」聽到提米・佛雷瑟唱出《我的荒唐情人節》的時候、真的掉下眼淚——而且還繼續複製他的哭腔、吟唱了十分鐘之久。要是有哪個女人不知道羅倫茲．哈特在一九三〇年代創作歌詞所內含的邪惡意念，那麼她一定沒大腦，頭殼裡裝滿了玉米糊。她也曾經提過自己因為包法利夫人自殺而整整哭了兩天。這對福樓拜來說很公平，他的文筆的確值得讓人流淚。不過，她對於那部小說的文風完全沒有任何深刻體悟，也無法分析福樓拜到底是怎麼操弄她的情感、讓她為那個可憐病女之死而痛哭流涕。

發現了這些事實，然後仔細思量，我才發現我對她其實所知不多，貝瑞妮絲不可能聽到賈克．德比厄呂的名字會興奮到睡不著，這是永遠不會實現的期待。貝瑞妮絲是個有趣的情人，這是她的特質，而且，她的下巴還有點稚氣。就某種模糊抽象的層次看來，我很愛她，但我也不知道該拿她怎麼辦是好。她就像是某種共鳴板，慢慢減弱我心中的某些興奮感，不過現在是半夜兩點，我今天會很忙，忙得要死。但要是我能夠妥善運用她，也許可以把她轉化為某種資產。要是我拜訪德比厄呂的時候，還拉了一個美女作陪，理應是會加分吧？有超級大美女當前，他一定很難當場拒絕我。法國男人？絕對不會做出這種事……

貝瑞妮絲吐氣的時候，那一小滴口水也突然變成了一大坨泡泡，她在睡夢中發出撒嬌聲音，努力蠕動身體，想要在椅子裡找出更舒服的姿勢。怎麼可能呢，那雙長腿彎貼屁股，整個人縮在緊繃的帆布椅裡面，她能夠入睡就已經是奇蹟了。

我剛剛驚覺自己原來在做這檔子事——不斷在為留下她而找藉口——不能再這樣下去了。我伸出硬挺的食指，戳了一下貝瑞妮絲柔軟但依然平坦的腹部。

我語氣和善，「我的聽眾，快醒來。」

「我又沒在睡覺，」她撒謊，「我只是閉上眼睛休息一下而已。」

「我知道。我忘了問妳，這幾天妳都待在哪裡？」

「這裡啊，」她眼睛瞪得好大，「都在這間屋子裡。」

「妳今天不在這裡啊。」

「哦，你說的是今天。」

「對，今天。」

「我待在葛洛莉亞的公寓裡。說真的，一直坐在這裡等你回來，讓我心情好低落，所以我打電話給她，她開車過來接我，帶我去住她家。」

「我想也是。我回來的時候，葛洛莉亞想在電話裡套我的話。聽到她的假笑，我覺得事有蹊蹺，但就是搞不清楚狀況。如果妳沒有打算回去杜魯斯，為什麼要拿走行李？還留下那封奇怪的信？」

「我是想要走啊，真的，但就是走不了！」她眼睛濕濕的，「詹姆斯，我想要和你在一起……你不想嗎？」

我必須先發制人，不能讓她流出淚水。為什麼女人就是不能向男人看齊？學習如何道別。

「再說吧，寶貝，我們現在先上床吧。明天一早好好談一談，應該說今天早上了，再過幾個小時之後。」

貝瑞妮絲乖乖起身，雙臂交疊在一起，以優雅的姿態大手一揮，脫去了她的短版睡衣。她現在已經睡意全消，一臉邪惡嬌笑，爬上了晃動的壁床，同時還搖著她的豐臀。我露出微笑，每當她故作靦腆的時候，看起來就是很好笑，因為她個頭就是這麼大。我慢慢脫去衣服，也爬上床，躺在她身邊。空調的冷房能力不足，沒辦法讓室內有效降溫，機器運轉得很吃力——呃呃，呃呃，呃呃……我通常都可以裝作沒聽到，但現在卻讓我煩躁不已。

我精神緊繃，喝了四杯黑咖啡，有些亢奮，而且我幾乎是不費吹灰之力就能夠回想起德比厄呂藝壇生涯的種種細節，更是讓我興奮過頭。距離上次做愛已經隔了三天，不，是四天，但說也奇怪，我完全沒有興趣。要是現在做愛的話，將會讓我已經寫下「終篇」的某段故事又出現全新的開端——也許這就是真正的原因。再不然，也有可能與我現在即將看到璀璨未來、卻對貝瑞妮絲依然難捨情愫有關——要是一切順遂——愛戀我的女子，哪有她的容身之地。光是靠肉體與個性所建立的男女關係，終將只有毀滅一途。

這是一種不祥之兆，或者，是某種自我保護的提前預知本能，我當初應該要特別注意才是。不過，在凌晨兩點鐘這種時候，再加上那些知青議題依然在我的腦袋裡不斷兜轉，我的生理狀態真的無法激發足夠的戰鬥力、把貝瑞妮絲與她的行李丟下樓梯，而且她又這麼可愛，實在是可愛過頭了。

那股突然籠罩而來、覺得某種災難即將發生的不祥預感，或者應該說無可名狀的情緒，讓我的身體僵硬不動，心情也同樣變得委靡不振。貝瑞妮絲現在困惑不已，我知道。她平常慣用的招式都不管用，突然，她從我身上翻過去，下床，關掉了落地燈。現在只有電咖啡壺的小紅燈還亮著，不是那種邪惡的凌厲紅眼，只是一種務實的提醒，咖啡還熱騰騰，而我不是，整個房間就像我的思緒一樣幽暗。

我們先前從來沒有在一片漆黑的環境中做愛，我不知道貝瑞妮絲怎麼想，但我從來沒有動過這樣的奇怪念頭，在黑漆漆的環境裡做愛，太冷淡了，你的性伴侶是誰都沒關係，完全沒有差別。

她是怎麼知道這個訣竅的？我並不清楚，但這一招卻很管用。貝瑞妮絲的頭前後甩動，長髮先搔弄我的胸膛、然後是腹部，此時我也疑慮盡消。因為這個我看不見的女人就只是個女人，再也不是某個名叫貝瑞妮絲．荷里斯的麻煩人物。

慾火難熬，我變硬了，立刻發動猛烈攻勢壓上去。對我來說，這就等於是粗野的動作了，在面對性關係的時候，我通常都井然有序，知道自己喜歡什麼，不喜歡什麼。被長髮鞭打，對我來說也是全新的體驗，我讓貝瑞妮絲得到了前所未有的美好性愛。我一進去她就高潮了，然後，她又有了第二次，最後一次的時候，我們同時到達頂峰。她狠狠咬住我的肩頭，以免發出呻吟（因為她知道當她發出野獸般的叫聲時，會惹得我很不高興）。

我通體舒暢，緊繃感全部融解，想要把這個大塊頭的美女送回明尼蘇達州的念頭，反而變得讓我難以接受。她打開落地燈，開始在自己的行李箱裡找陰道沖洗器。

「親愛的，把妳那套檸檬黃亞麻套裝掛起來，」我吩咐她，「這樣可以消除皺痕。」

「為什麼？」她雖然問我，但還是乖乖照做，「一點都不皺啊。」

「因為我明天希望妳穿上這衣服，我要帶妳一起出門。」

「我們要去哪裡？是不是要去什麼好玩的地方？」

「拜訪德比厄呂先生，」我嘆氣，「我會明天再解釋——全部都用簡單到不行的單字。」現在開了燈，貝瑞妮絲・荷里斯又成了麻煩人物。

「不過，一定會很好玩吧？」

「當然，」我悶悶不樂回她，「好玩，好玩，一定好玩。」

當她進入浴室的時候，我閉上雙眼，我依稀記得自己被某條溫暖的毛巾擦拭身體，不過，在她擦完之前，我已經昏睡過去了。

第二部

如果眞有存在的事物，
定是難以捉摸。

1

這間公寓一片狼藉，宛若一陣小型旋風在此肆虐了數分鐘之久，不過，身著檸檬黃亞麻套裝的貝瑞妮絲，看起來好美。她果然答應我的要求，穿上了吊帶襪，質料夠透明，更凸顯了她曬痕鮮明的黃褐色長腿。裙子也夠短，當她坐下或是傾身的時候，支撐吊帶襪的金屬襪扣就會悄悄露出來，性感的程度宛若巴爾加斯筆下的畫報女郎。

她沒有穿上衣，反而是拿了一條藍紅色相間的薄方巾繞頸纏身。方巾兩側交叉的位置正好在方形剪裁雙排釦外套衣領的下方，沒有幾個女人膽敢穿這種剪裁大膽的套裝，但這件外套的直線型剪裁卻正好凸顯了貝瑞妮絲的豐滿身材。她靠著髮墊將頭髮梳高，曬了陽光、褐黃相間的豐盈髮絲，全都盤在頭頂，再加上她稚氣的五官，讓她展現出天使般的面容。

我心想，她的唇膏也未免太橘了一點，但也許就是需要這一點小小的不完美，才能襯托出她整個人就是如此美豔。

貝妮瑞絲足足佔據浴室一個小時之久，但我已經先刮好鬍子，洗了澡，以剪刀將我的西班牙式落腮鬍修整得整整齊齊。不過，我站在貝瑞妮絲身邊，卻顯得很不搭調，整個人不修邊幅，因為我身穿褪淡的淡藍色牛仔短袖連身服，尤其是她戴上白手套之後，更讓我相形見絀。外頭太熱了，我沒辦法穿外套，所以需要連身服的那些口袋、放置所有的隨身物品。

我帶了三支筆、筆記本、皮夾、鑰匙、手帕、兩包Kool香菸，還有稜紋造型的登喜路打火機（這是我開始擁有教書固定收入之後、犒賞自己的少數奢侈品之一）。長褲的右邊口袋有台小型的柯達折疊相機、一些零錢、放在皮盒裡的小型放大鏡、指甲刀、五公分的濕冷玉石，功能是附有凹痕的指握器。除了那個已經安裝了彩色底片、藏得十分隱密的柯達相機之外，雜七雜八的東西也太多了，但我早已習慣隨身帶這些東西，要是沒有的話，幾乎沒辦法出門。

我們起得晚，悠閒用完早餐。穿好衣服之後，我在筆記本裡寫下了好些問題。當然，我不會直接看著這些問題發問，不過執筆寫下的動作可以幫助我牢記在心，這是老練記者的工作技巧。而且，我一定會攜帶拍立得相機，除了先裝好黑白底片之外，我還會帶備用的膠卷。專業攝影家對於艾德溫・赫伯特・蘭德博士的這項發明嗤之以鼻，但我是箇中高手，幾乎只需要拍兩張就能得到我心目中的理想畫面。而且，我後來也發現，受訪者要是已經看到了照片的最後成果，幾乎都不會有任何異議，但要是沒有看到全部沖洗出來的膠卷畫面，反而會拒絕出版刊登。

到了一點半的時候，我們準備出門。我走在貝瑞妮絲前面，先一步下樓，進入令人無法呼吸的佛羅里達驕陽灼光之中。空氣濕度將近有百分之九十，但溫度還不到攝氏三十度。南方的遠處有雨雲虎視眈眈，但棕櫚灘的天空依然清朗湛藍。在佛羅里達州南部，濕度要是到達百分之百，理論上應該會下雨，但其實很難說，不過，我們要前往波頓海灘，那個方向已經是烏雲罩頂，我決定還是不要拉開帆布軟頂車篷。我們坐在車內的熱燙假皮座椅上頭，已經熱得快要昏厥了。

我們快要過橋、進入西棕櫚灘的時候，貝瑞妮絲指著某個亮橘色的屋頂，開口說道：「我們在豪生餐廳停一下。」

「為什麼？我們明明一個小時前才吃完早餐。」

「因為我想上廁所。」

「我早就告訴過你，應該要在離開前去尿尿。」

「我有啊，但又有尿意了。」

天氣熱是頻尿的原因之一，但我還是猛力把車子駛入停車場，我怒氣沖沖，心想現在還不算太遲，可以叫輛計程車把貝瑞妮絲送回去。

不過，等到進入那宛若洞穴一樣涼爽的廣大包廂空間，我立刻點了兩杯巧克力冰淇淋加蘇打，在等待他們送飲料上來、貝瑞妮絲上廁所的空檔，抽了根Kool。由於服務生是臨時人員，所以貝瑞妮絲入座之後，蘇打根本還沒送上來。她拿起我放在菸灰缸上面的香菸，吸了一大口，然後又擺放到原位。她把那一團煙憋在肺裡，彷彿像是某個想要打破水底憋氣紀錄的潛水者，然後，終於開始緩緩吐煙。我注意到一件事，我待在邁阿密的那三天之中，也就是身旁沒有貝瑞妮絲的那段時間，要是只有我自己一個人，通常一天是抽兩包菸，但有她在身邊嚷嚷著要戒菸，反而讓我一天會抽上三包菸。她只是不再買菸、隨時帶在身邊而已，反而開始改抽我的菸——或者是趁我在抽菸的時候，順手拿過去猛吸好幾口。她討厭有薄荷醇的菸，或者，至少她是這麼說的，但顯然厭惡的程度還是沒有辦法讓她戒菸。

「如果妳想要吸菸的話，」我把那盒菸推到她面前，「自己抽一根吧。妳抽我的菸，抽到只剩下四分之一吋才還給我，我就會覺得不滿足，因為我沒有達到自己習慣的吸菸量。然後，我覺得自己被剩下的那一小截給糊弄了，所以又會點一根，明明才剛抽完，又急著再來一次，這樣就抽太兇了。所以我捻熄它，把它放回菸盒，之後當我終於又想要抽菸的時候，重抽那一根，味道就會變得太嗆烈，而且它與正常長度相比也短了一點。但我要是把那根只抽了幾口的香菸丟掉，就太浪費了，而且——」

貝瑞妮絲伸出冰涼的手，握住了我。那雙矢車菊藍的天真眼眸，在眼角出現了淡淡細紋，她抿了一下豐唇，露出短暫笑容。

「詹姆斯，你在擔心什麼？」

我聳肩以對，「我不知道，我已經喝了三杯咖啡，吞了安非他命，又加上過量的咖啡，讓我講了太多的話。貝瑞妮絲，昨晚我已經告訴過妳了，對我來說，這是千載難逢的機會，我當然焦慮，如此而已。」

她搖搖頭，笑容只出現了一下又立刻消失，速度之快，讓我差點沒注意到。

「不，詹姆斯，你昨晚講了一堆那個畫家的事，把我搞得暈頭轉向，害我一直在想那些細節，根本沒辦法開口問你。你一定是漏了什麼沒說，不然就是有事瞞著我。」

「拜託，妳那時候睡著了。」

「沒有，我沒有睡著。好吧，也許聽到最後就開始打盹了。不過，我百思不解的是，這位畫家，這位德比厄呂，在沒有人真正看過他的畫的狀況下，怎麼會變得這麼有名？根本不合理啊。」

「妳這話什麼意思？沒有人看過他的畫？有數千人看過他的第一次個展啊，而且後來還有馬茲歐、夏隆、雷恩斯堡以及蓋特撰寫了他之後的作品。拜託一下好嗎，他們都是這世紀最出名的藝評家！」

她搖搖頭，噘嘴，「我的意思不是指他們，當然更不是你——嗯，如果你可以看到他到達佛州之後的作品的話。我的意思是社會大眾，當梵谷巡迴展到來的時候，會蜂擁進入博物館，而且買下所有梵谷作品複製品啊什麼的那些觀眾。那就是我所謂的有名。要是我從來沒有看過德比厄呂的任何作品，沒辦法自己判斷他到底有多厲害，那我又怎麼可能會覺得他的名氣響亮？」

我們的冰淇淋蘇打來了。我不想讓貝瑞妮絲傷心，但她這麼無知，只能逼我出手了。

「親愛的，聽我說，要判斷藝術品，妳還不夠格。現在，給我保持安靜，乖乖喝妳的冰淇淋蘇打——這樣才乖——我會盡量向妳解釋清楚。妳有沒有念過鯨類學？」

「我不知道，那是什麼？」

「研究鯨魚的學科。鯨類學家是專門研究鯨魚的人，窮其一生之力都在鑽研這個領域，就像我一樣，截至目前為止，一直在研讀藝術——那些撰寫文章、討論德比厄呂的藝評家也是如此。好，假設妳現在拿起一本《科學人》，讀到某位知名鯨類學家討論鯨魚的文章——」

「這世界上有什麼知名的鯨類學家嗎？」

「一定有。只是我現在一時講不出名字——那不是我的專長領域。但是我還沒有講完，好，妳看到某名鯨類學家在《科學人》發表的某篇文章，提到抹香鯨寶寶的先露部位是尾巴。」

「那是什麼意思？」

「那就表示鯨魚寶寶跟其他哺乳類動物不一樣，牠們出生時是尾巴先出來。」

「你怎麼知道？」

「我看了很多書。但就算那位鯨類學家宣稱先露部位是頭部也沒差，因為我要講的重點其實是這個：這篇文章是由某名鯨類學家所撰寫，而且發表在《科學美國》期刊，妳當然會接受專家的說法，而不會自己弄艘小船，航遍所有海域，想要找到懷孕的鯨魚吧？就只是為了要親眼求證鯨魚寶寶出生的時候到底是頭先出來還是尾巴先出來？」

貝瑞妮絲笑個不停，「你板起臉孔的時候好可愛。我不會這樣啦……應該不會，不過，我覺得藝術呢，應該屬於每一個人，不是只有你提到的那些評論家……」

我放下湯匙，拿起紙巾抹抹嘴，「親愛的，鯨魚也屬於每一個人，但並非每一個人都會把研究鯨魚當成一生的工作，這就是妳所不懂的重大差異。」

「好吧，」她聳肩，「我還是覺得你有事沒告訴我。」

我大笑，「的確。我拿到了德比厄呂的地址，為了回報這份恩情，我必須要幫卡西迪先生一個忙——」

「向你提到德比厄呂的那位律師？」

「對，」我點點頭，「現在我告訴妳的事是卡西迪口中的『特權機密』，流通範圍只限於妳、卡西迪先生，還有這兩杯冰淇淋蘇打之間而已。」

「詹姆斯，你可以相信我，」她的神情變得好柔和，「你的性命也可以放心交託給我。」

「我知道。就某種程度來說，這也等於是我的命了。反正，卡西迪先生給了我特權機密——也就是德比厄呂的住所——而我只需要偷一幅畫回報他。」

「偷畫？為什麼不用買的？他明明很有錢。」

「德比厄呂不賣畫，我早就向妳解釋過這一點。妳也知道，要是卡西迪能弄到一幅畫，他就成了全世界唯一的藏家，就算是偷來的也一樣。」

「這樣對他有什麼好處？如果那是偷來的話，德比厄呂大可以報警拿回來。」

「德比厄呂不會知道卡西迪拿了他的畫，而且也不會有任何人知道——反正，至少也是在德比厄呂過世之後才會爆發。到時候，那幅畫就會更值錢了。」

「你要怎麼在德比厄呂不知情的狀況下偷畫？」

「我還不知道，一定是見機行事。我要拿的也許不是畫，要是他在做陶，我可以趁妳在分散他注意力的時候、偷偷拿一個成品塞進我口袋。也許那裡散落了一些草圖，就算只是一張草圖，卡西迪先生也會很滿意，其實，應該是會開心得不得了。」

「你希望我幫忙？」

「如果妳想幫忙，當然很好。他不可能同時盯著我們兩個，而且他是老人了。所以，等到機會來臨的時候，當然，一定等得到的，我會給妳暗示的手勢，然後我就可以下手。」

「詹姆斯，照你這種說法，這實在太危險了。而且，一等到我們離開之後，他馬上就會知道是你偷走了那個東西——不管那到底是什麼。」

「不會，」我搖頭，「他不會知道。他會懷疑我拿走了那東西，但卻無法提出證明。萬一被起訴的話，我就全盤否認，而且，不可能會走到這一步。而且，卡西迪先生不管是有了畫作、雕刻、草圖還是什麼東西，一定會藏得很隱密，連上帝都找不到。懂嗎？」

「詹姆斯，你知道嗎？」她的態度十分嚴肅，「要是你被人發現你偷畫，你的前途就毀了。」

「其實不會，而且要是偷的是德比厄呂的畫，更是絕對不可能。妳先前提到了梵谷的作品，屬於這世界所有，而德比厄呂的狀況也一樣——要是我因為偷了他的畫而受到審判，這當然是不可能——藝術愛好者與藝術雜誌一定會為我籌措訴訟辯護基金，儼然把我當成了某個激進左派白豹黨人。反正，這就是計畫內容——當然，我也會想辦法採訪他。」

「這不太像是什麼計畫。」

「沒錯，但妳現在已經知道我得要做什麼了，到了現場的時候，妳搞不好就會產生靈感。重點是：妳不要自己動手拿東西，等到時機成熟，我會自己處理。我必須要先訪問到他，才能開始。」

「我明白了。」

就在快要到達萊克沃斯之前，我們卻被大雨困住。

傾盆大雨直落，視線不清，幾乎沒辦法開車。而貝瑞妮絲為了要保住自己的套裝，必須升起車窗，但我實在太熱了，沒辦法關窗。我的左側肩膀與手臂全部濕透，不過，這樣的濕度，就算我升起窗戶，應該下場也是一樣。大雨滂沱，我必須把車停靠在萊克沃斯的路邊，等待雨勢稍歇。

貝瑞妮絲皺眉，開口問道：「鯨魚寶寶出生的時候有多重啊？」

「一噸，身長有四點二公尺，」我點了根香菸，又交給貝瑞妮絲。她搖頭，推還給我，我吸了一大口菸，「一噸，」我一派嚴肅，「也就是兩千磅。」

「我知道一噸有多重！」她大發雷霆，「你——你——你真是個討厭的知青！」

我實在忍不住，開始哈哈大笑，暫時就不虧她了。

2

從西棕櫚灘的西方，可以直接走七號州際公路，但這條老舊的雙線道公路主要是卡車司機用來飆車前往海厄利亞，等於是他們的邁阿密後門。我繼續走國道一號，直接前往波頓海灘，然後再找條順暢的路、進入那塊森林空地。我迷路了好幾分鐘之久，在新柏油路面塌陷的區域胡亂兜了好幾圈，這種路況都是因為附近有某個名不符實的「海洋松林露台」（距離海洋有好幾公里之遠，沒有松林也沒有露台）開發區。不過，等我終於上了州際公路之後，發現路面才剛剛重鋪過，而且卡車的車流也不如我想像中的那麼可怕。

老天爺大發慈悲，雨停了。

我那張簡陋的地圖其實已經標示得十分清楚，但我還是錯過了那條岔道，一直開到了狄克西汽車電影院，才發覺不對勁。其實，在公路上可以清楚看到通往德比厄呂住所與工作室的那條泥礫混合私人道路，就在公路右側、汽車電影院入口前方約三百公尺的地方。我在那荒僻的入口切了好幾次，終於成功掉頭，這一次，從公路的另外一邊，很容易就可以看到那條小徑。

濃密的加拿草早已蓋過了路面的轍痕，我以一檔緩慢前行。這條鮮少使用的顛簸小路，一開始的路緣很筆直，路旁是已經再生的松林，約八百公尺之後，經過了一條S形彎道，包圍著兩泓發臭黏滯的黑色沼澤。在道路的右側，放山雞直奔進入茂盛的叢林裡，凹彎的雞籠鐵網旁長滿了又直又高的野草。未塗漆的木頭雞舍已經風化成濁灰色，大部分的屋頂也都凹陷。這條小路的盡頭是一道敞開的刮皮松枝大門。我緩緩進入圍欄區，裡面的草坪無人照料，長得十分豐茂，宛若巨大的褐色腳踏墊，最後，我把車子停在屋舍的紗窗門廊前面。

弔詭的是，一看到這位老畫家的時候，我充滿了敬畏。我熄火，在它的熱度慢慢退去之際，我坐在車內，緊盯著他不放。我之所以會使用「弔詭」這樣的字詞，正是因為德比厄呂就是令人望之生畏。

他看起來就像是大家看到的那種成千上萬（但並沒有破數十萬）的佛羅里達退休老人，曬得黝黑，喜歡在橋上釣魚、在高爾夫球場搖搖晃晃走動、在養老院花園裡玩沙狐球，或是在公園裡跳曳步舞。而且他連穿著都跟大家一樣。膽綠色的卡其布棒球帽、白色牛仔布百慕達短褲、平價連鎖商店的淡藍色帆布低筒運動鞋，以及純白的敞領式短袖「馬球衫」，而且左方口袋繡有那隻難以免俗的綠色小鱷魚，這個標誌在佛羅里達州處處可見，所以隨便哪個邁阿密海灘的喜劇演員只要說出這段話，就會引起哄堂大笑，「前幾天，他們在沼澤縣抓到了一條鱷魚，而且牠還穿了件襯衫，口袋上面繡有一個小人……」

不過，他和那些成千上萬、選擇在佛羅里達州溫暖環境中等死的退休老人還是不一樣，他們靠著經營鞋店、在阿瑪里洛開燈泡工廠、在紐華克製造保險套、在西部十州擔任責任吃重的忙碌銷售經理，換來了自己惶惶不定的退休生活，但德比厄呂一直是超越眾人的嚴謹大師——這是藝術家的自我修煉——以前是，現在也是。

有輛破爛的陌生敞篷車就這麼停在德比厄呂的庭院裡，他看來是處變不驚，依然懶洋洋坐在門廊大門旁的綠格網鋁架戶外椅上頭，享受午後陽光。我發現他又開始蓄留白鬍，讓我十分開心（他曾經有好幾年都習慣剃得乾乾淨淨），不過，長度已經大不如前，比不上梅爾維爾的鬍子，也不如這位老畫家在二〇年代留影裡的模樣。

就外貌看來，德比厄呂是運動員的身材。長手長腳，纖長身材，膝蓋與手肘的凸鼓明顯。當然，年歲漸長，已經造成他雙肩垂縮，而且腰帶下方還有圓鼓鼓的大肚腩，雖然已經滿臉皺紋，但是古銅色的曬痕皮膚卻讓這老人看起來很健康，簡直就是接近強健的等級。藍色眼眸敏銳清朗，目光灼灼，英挺鼻梁的兩側鼻翼也沒有出現佛州退休銀髮族常見的浮露微血管。他的好看豐唇張成了葡萄色的大「O」——被白鬍所包圍的豐潤深色圓圈。我們的兩雙藍眸，四目交接，他的回視目光淡然、溫和有禮、直接，但也相當疏遠，而在這麼漫長、令人渾身不自在的靜默對峙過程當中，我發覺他那雙銳利的蒼老眼眸中透露出警覺的況味。

我身為藝評家，早就知道在第一次交手的時候、太敬重或是太信任對方是何其不智的舉動，但那種沉穩不移的目光卻讓我覺得——我知道——自己的面前出現的是巨人，反而害我感覺自己像是個違法之人，是罪犯。如果，在一開始的時候，他就默默指著大門——根本連「滾出去！」都不需要說出口——我一定會不發一語，立刻離開。

但狀況並非如此。

貝瑞妮絲雙手緊扣著大腿上的羚羊皮抽繩包，靜靜坐在那裡，等我下車繞過去，替她開門。

這是一趟突襲造訪，我是意外的訪客，應該由我打破彼此之間的封凍之海。我緊張不安，兩根手指拎著拍立得相機皮盒的吊帶，下了車，禮貌點頭。

「午安，德比厄呂先生，」我盡量壓低聲音，以法文向他打招呼，就像是演員尚・嘉賓一樣，「我們終於見面了！」

顯然德比厄呂已經許久沒有聽到法文（而且我法文還不賴），他露出微笑——多麼燦爛溫暖的笑容！他的笑容如此親切真誠，充滿了感染力，害我的心還突然揪了一下，那是可以粉碎整個世界的笑容。當他微笑的時候，歷經歲月摧折的嘴，紫色的雙唇，看起來都十分美好。他已經掉了好幾顆牙齒，上下排都有缺洞，讓他的闊嘴有了幾分萬聖節南瓜燈的味道。不過，原本悲切消沉的模樣，轉換為元氣十足、無拘無束的愉悅之後，卻讓他的外貌為之改觀。他臉龐的深沉溝紋也變成了上旋的阿拉伯式飾紋，我走過去的時候，他艱難起身，還伸出纖長的食指，假意對我表示斥責。

「啊，費格瑞斯先生！你剃鬍子了，你一定要趕快讓它長回來！」

他一見面就直呼我的姓名，讓我的眼眶瞬間濕了。他緊握我的手，上下晃動了一下，標準的歐式握手風格，那宛若龍脷葉的手指溫暖又乾燥。

我毫不掩飾自己的驚訝之情，「你——你認識我？」

他對我作出法國人的善意式聳肩，「你，或是另一個——」他語氣神秘兮兮，「幸好是你。當然，費格瑞斯先生，我對你的作品很熟悉。」

我驚呼一聲，像是個舌頭打結的青少年一樣，侷促不安，不知該如何回應是好，然後，我發現他的目光飄到了我後方的貝瑞妮絲。

「哦！」我趕緊跑過去，扶貝瑞妮絲下車，「德比厄呂先生，這位是我的朋友，荷里斯小姐。」

貝瑞妮絲狠狠瞪了我一眼，因為我把她的名字唸成了「荷里」。然後，她對著他講英文，「德比厄呂先生，我是荷里斯，貝瑞妮絲．荷里斯，幸會了。」

德比厄呂親吻她的手，我覺得（應該是我過於敏感）他看到她出現似乎有些不自在，或者是不高興。他不知道她到底只是我的朋友，還是情婦、秘書，或是某個有錢的藝術愛好者——而我如果想要給他提示，也不知該怎麼說起，一定會搞得自己很糗。我決定還是不要吭氣比較好。從她看待我的眼神，還有偶爾碰觸我手臂的姿態，他應該可以自行判斷我與她關係匪淺。

那位老先生的英文雖然帶有濃重腔調，但足堪溝通，在那個美麗的四月下旬的午後，我們以法文聊天，我們偶爾會為了貝瑞妮絲、以英文翻譯對話內容或是發表評論。

「我是那種妄想做藝評的小記者——」我故作謙虛，露出緊張笑容，但他卻舉起大手，打斷了我。

「不，不，不是這樣——」他搖頭，「費格瑞斯先生，你不是沒沒無名的小記者，我很清楚你的工作內容，你寫的有關那位加州畫家的文章……」他皺起了眉頭。

「文特？雷．文特？您說的是這位嗎？」

「對，就是這名字沒錯，小蒼蠅，太好笑了。」他立刻咯咯笑個不停，「費格瑞斯先生，千萬不要覺得愧疚，」他聳肩，「真正的藝術家沒辦法躲藏一輩子，就算沒有你，也會有其他人來找我。好，來吧！進來屋子裡面！我倒杯冰涼的柳橙汁給你，新鮮的冷凍『小少女』。」

我覺得好榮幸，他不但知道我這個人，對於我的作品也相當了解——或者，至少有一篇文章吧——我回想了一下——那篇是以英文撰寫而成，就我所知，並沒有翻成法文。不過，他為什麼要特別提到文特的那篇文章？雷．文特是抽象派畫家，畫作幾乎很少賣得出去——背後有諸多合情合理的原因，但我就先不討論了。不過，他卻是技法高超的畫家，只要他想接肖像畫，案件絕對是源源不絕——其實，遠超過了他自己想畫的東西。他需要靠肖像畫來賺錢，才能支撐他繼續創作自己偏好的抽象畫。不過，因為他痛恨肖像畫，而且也討厭那些給他大把鈔票、逼他坐在他們面前，期盼他畫出過度美化容貌的客人。於是，他在他們的畫作裡加了蒼蠅，當作「報復」客人的方式。

在中世紀時以及文藝復興時代的繪畫作品，會在十字架耶穌基督的肉身上面畫蒼蠅：耶穌身上的蒼蠅是一種救贖的象徵，因為蒼蠅代表了罪，而耶穌是無罪者。不過，要是在一般人身上畫了蒼蠅，反而意味的是無法救贖的罪，或者，也可解釋成「這個人馬上就要進地獄了！」。雷．文特以視覺陷阱的手法，在每一幅肖像畫上面都畫了蒼蠅。

有時候，他的客戶要過了好幾天之後才會發現那隻蒼蠅，當他們看到的時候，也根本不知道它的象徵意義，而通常他們的反應都是很開心。蒼蠅成了他們向朋友炫耀畫作時的開場白，「有沒有發現我的肖像有哪裡不太尋常？」

當然，藝術家們看到蒼蠅的時候，都會在心裡偷笑，但絕對不會向那些客戶提起文特式標誌的意涵。當我下筆撰寫有關他的專文的時候，猶豫再三，不知是否該提到文特的象徵性報復，我不想害他斷了生路。不過，我最後還是決定要披露這件事，因為這是文特性格的某個面向，幽微透露出他抽象畫作品裡的無情特質。

我扶著貝瑞妮絲的左手肘，緊跟在德比厄呂後面，進入了屋內。聽到這位老畫家突然冒出的評語與咯咯笑聲，讓我的心情變得很不安。咯咯輕笑，和突然微笑或是捧腹暢懷大笑是很不一樣的，因為很難參透它的意涵，不知道那到底算不算友善，或者，也可能只是作為標點符號功能的某種緊張情緒形式。不過，我寫了數千篇文章，卻特意挑出裡面的某起特定事件或段落，還提到了「蒼蠅」的象徵，不禁讓我的胃開始因焦慮而抽痛。他看過我對於文特的評論（那不是敷衍了事的文章，因為我從來不寫這種垃圾，不過它也絕非我的頂尖之作——文特的創作就是不夠好，沒辦法寫出深度評論），這一點搞不好對我來說會成為一大阻礙。

德比厄呂對於蓋特那篇提出了花俏「類咯戎」詮釋的文章作何感想，一直沒有人知道，因為這位老先生從來不發表任何評論，不過，在此之後，許多比我更有名望的作家想要約訪這位藝術家，全部都遭到拒絕。在蓋特發表了那篇文章之後，德比厄呂不信任藝評家，自然也是合情合理。

我在心中不滿咒罵，反正蓋特真該死。然後，我看到牆上掛著那幅鍍金巴洛克畫框，我立刻伸手指了一下。

「難道這就是著名的《一號》？」

德比厄呂噘嘴，聳肩，淡淡回道：「沒錯。」講完之後就進入廚房。

當然，在我端詳那幅畫作的時候，我立刻就明白了他的意思。畫框後面的牆壁上並沒有裂痕，這個畫框，少了那條隙縫，而且也並非懸掛在原本的環境脈絡之中，再也不是那幅神話級的《一號》。然而，我依然欣喜若狂，我萬萬沒想到自己今生能有機會看到這樣的大作。而貝瑞妮絲瞄了一眼那個空畫框之後，立刻坐在某張西爾斯百貨的丹麥風座椅裡，向我討菸。

我不耐搖頭，「我們得開口詢問主人，得到允許再說。」

屋內有一張嵌牆的長型吧檯桌，分隔了廚房與客廳。這裡沒有用餐室，而且客廳裡的家具也乏善可陳。建造這棟房子的雞舍房東，應該就像是多數的佛羅里達州居民一樣，本來想利用有紗網的寬敞門廊當作用餐區，因為廚房有一道面向門廊的大型方正外推窗。

牆上沒有其他的畫，而且客廳裡全是便宜樸素的西爾斯家具。想必卡西迪先生不願為這位知名訪客花錢購置家具。這裡看不到高檔音響、收音機或是電視，也沒有窗簾遮蓋嚴重毀損的百葉窗。只有兩張丹麥風的座椅、金屬桌面咖啡桌、黑色的兩人座人造皮沙發、一盞落地燈——全擠在某個橢圓形區域——偌大的客廳，加上沒有鋪設地毯的磨石子地板，這裡簡直可說是別無長物。咖啡桌上放了一份《邁阿密前鋒報》與快翻爛的法文風尚雜誌《*Réalités*》。吧檯桌前放了兩張黑色的鑄鐵高腳椅，德比厄呂如果不是在那裡用餐，一定就是把食物拿去門廊、坐在新秀麗的牌桌吃東西。

我知道卡西迪先生不會向德比厄呂透露我即將來訪的消息，不過，要是這位資深畫家問我怎麼找到他的，我又該說什麼才好？我突然到訪，他似乎不覺得詫異。要是他問起的話，我會說是雜誌主編告訴我消息，派我來採訪。這些思緒讓我心頭亂紛紛，而德比厄呂則忙著準備冷凍柳橙汁。他把某個鋁製水壺放在桌上，以電動開罐器打開了冷凍罐頭，然後，走到水槽前、將空罐裝滿自來水，這個動作足足做了三次。

他的動作有條不紊，相當專注，每一次將罐裡的水倒入水壺裡的時候，宛若化學家在準備實驗一樣。他拿著長把湯匙攪拌混合物，微笑，示意請我們過去坐在吧檯桌前。貝瑞妮絲和我爬上高腳凳，他拿了三個塑膠杯，把果汁倒得滿滿的，幾乎要滿出杯緣之外。

他沒有碰自己的果汁杯，目光飄向了我後方的《一號》，「費格瑞斯先生，這是一個全新的世界，新世界的牆面上沒有裂縫，這種由水泥、磚頭、灰泥所組構而成的牆壁可以阻擋颶風，我的保險單上面寫得清清楚楚。」

我心想，這應該很適合拿來當成我文章的開場或是結尾。我傾身向前，打算要進一步挖掘他對這個全新世界的想法，不過他卻搖搖頭，請我不要開口。

「費格瑞斯先生，我不會講出一定是卡西迪先生指使你過來的這種話。既然你都來到了這裡，這一點就不重要了。我們兩個都心知肚明，卡西迪先生就和所有的藏家一樣，個性獨特至極。」

既然話都講白了，我也鬆了一口氣，詢問他可否讓我抽菸。德比厄呂從櫥櫃裡拿出了小碟子，放在我們中間，等我點燃貝瑞妮絲與我的香菸之後，又繼續開口。他對我搖搖手，他不抽菸。

「費格瑞斯先生，我知道你想要你的雜誌撰寫有關我報導，我該怎麼勸你打消這個念頭？」

「恐怕是沒辦法。您讓我覺得自己是個大混蛋，不過——」

「你會有這種感覺，我只能說很抱歉。不過，要是你打退堂鼓的話，就等於是幫了我大忙，難道你真的這麼狂熱？得要在你的雜誌裡講出我的地址？我的工作非常需要隱私，就像是所有的藝術家一樣。我每天至少工作四個小時，要是一直有人打擾——」

「這一點我沒有辦法向您妥協。我的發稿地點只會寫出『佛羅里達州的某地』。我當然懂得您的感受，蓋特的文章對您太不公平了，我知道——」

「你怎麼知道？」他又露出了那悲傷卻和藹的微笑。

「我很清楚蓋特對於藝術的態度，所以我心裡有數。他只有單一路徑的思考模式，都是以某個相當主觀的模式、套用自己所看到的一切事物——完全不管適合與否。」

「藝術本來不就很主觀嗎？」

「沒錯，」我大笑，「但布拉克不也說過主體不是客體？」

「也許吧。我不知道布拉克是否說過這句話，或是某個聰明的年輕人——比方說像你，費格瑞斯先生——宣稱他說過那句話。」

「我——我現在不記得——」我的回答沒什麼說服力，「原本的出處，不過應該是他自己說過這句話。要是沒有……嗯……對於我們的當代藝術來說……玩弄文字擁有幽微的合理性，難道您不覺得嗎？」

「無論對哪一個藝術時代來說，我們都無法以合理方式使用『合理性』這個字詞。」

我陷入猶豫，他在測試我。只要開始討論假設性的圓滿實現，我就可以輕輕鬆鬆回辯他的論點。但我不想要和他爭——所以只是聳肩微笑。

「你的意思是，根據合理性，」他也對我回笑，「所以藝評觀點要包含初始的藝術歷程？」他的眼角露出了笑紋。

「不是如此，笛卡兒的二元論，要是拿來作為面對美學的方式，就再也沒有原本的價值了——這都是蓋特的錯，他一直無法超越自己早期所受的訓練。拋卻過往的累積，是面對當代藝評最艱鉅的任務。眼睛看到的只有當下，杜絕過去與未來，需要視覺冥想。」他的藍色眼眸堅定又銳利，在那樣的目光注視之下，讓我的臉越來越火燙，「我並沒有要批評蓋特的意思，或是讓您誤會我比他優秀。我只是比蓋特年輕了二十五歲，比他接觸了更多的現代藝術——」

「費格瑞斯先生，不需要這麼緊張，」然後，他改以西班牙文問我：「是不是比較想講西班牙文？」

「不是，我說西班牙文的時候，會以西班牙文思考，而我的偏好是以英文思考，說出的是法文——」

貝瑞妮絲本來在啜飲果汁，開口問道：「你們在說什麼？」

「西班牙語、英語，以及法文之間的差異。」

「我痛恨西班牙文，」貝瑞妮絲說道，還對我眨眨眼，「太多有關英勇的字彙了，不禁讓人有時候會懷疑西班牙風格的真正英勇到底是什麼。」

「我覺得，法文呢，」德比厄呂以英文說道，「有關愛的詞彙也一樣，未免太多了。」他伸手過來，撫摸我的頭髮，「你有很漂亮的黃色捲髮，她不該逗你的。來吧，快喝你的果汁。」

那慈父般的撫觸，讓我內心的緊繃感全部消散，我發現這位資深藝術家正在想辦法讓我放鬆心情。反正，他態度隨和，接受了我以及我的專業，消除了我的罪惡感，也讓我對於這位老畫家的畏懼煙消雲散。他依然讓我大受感動，我有預感，我們接下來一定會聊得很開心。

任何作家在面對偉大或是近乎偉大的人物時、要是出現畏懼心態，就會難以展現批判力道。我非常尊敬德比厄呂，所以自然會小心謹慎，不過，我也知道他早已歷經滄桑，一個人生活了這麼多年，總是保持著某種就算稱不上是傲慢、但也算是疏離的沉默，而且還刻意疏遠記者。我想，德比厄呂知道我站在他那一邊，而且我永遠會以藝術家的角度觀看一切，而不是駑鈍大眾的觀點。他曾經看過我的作品，也記得我的

名字，他知道我公正不倚，遠遠超過了其他藝評家，這一點要給他大力讚賞。這趟長征的主要原因就是為了要看到他的畫，

現在，我必須要取得他的全然信任，我必須要小心自己的好辯習性，也不該只為了挖出他對於藝術的激動看法當成「新聞」，就輕易出手釣他。

「德比厄呂先生，我很好奇您為什麼要移居到佛羅里達州？」

「我差點與這裡擦身而過。為了我這一身老骨頭，我渴望陽光。五十多年來的作品全在那場火災中付之一炬——你知道那場火災的事？」

「是的。」

「幸運到不行的意外，它給了我重新開始的機會。能在我這種歲數重新起步的藝術家，可說是十分幸運。所以，我轉向新世界，新的世界與新的起點。一開始的時候，我覺得大溪地最棒，但這樣一來，我的名字終究會與高更連結在一起。」他搖頭，表情很哀傷，「免不了的。這種比較並不公平，但一定會有人拿來相提並論。還有，在那小小的島嶼上面，搞不好每天都會有巴士經過我的工作室，上頭坐滿了美國觀光客，盯著我看。大溪地，算了。我繼之一想，南美洲？不行，那裡總是有事端。所以佛羅里達州似乎就成了上選。不過，我並沒有馬上過來，我知道佛羅里達州有戰爭，我這一生歷經的戰爭也夠多了。」

「戰爭？」我一臉困惑，「越戰嗎？」

「不，不是，是塞米諾爾戰爭。歐洲很清楚這些佛羅里達的塞米諾爾原住民，正在與你們美國人打仗。是吧？」

「對，我想可以這麼說，但只能算是法律用詞。塞米諾爾其實是一個非常小的印第安國家，而且不算是真正的戰爭，只是印第安人不願與美國政府簽訂和平協議而已。現在偶爾會出現情節輕微的法律衝突，比方說，佛羅里達的某個縣，必須強迫某個不願就學的印第安小孩去念書——但現在已經有許多印第安人自願就學。至於開槍駁火的意外，已經多年不曾出現。塞米諾爾人很清楚，要是他們不簽訂協議，就法律面來說，他們就比其他印第安族群的地位優越多了。」

「對，」他點點頭，「我是從卡西迪先生那裡知道這件事，不過我還是事先寫了一些信，想要確定無誤。」他一臉嚴肅，嘟起嘴巴，望著吧檯桌，「現在，我會死在佛羅里達州。這一點我很清楚，而對法國人來說，要是知道自己這次離開法國、就再也無法見到母土的話，告別就益發艱難。費格瑞斯先生，這世界上還有其他國家也很歡迎我，希臘、義大利，這世界對我太好了，我一直有許多未曾謀面的好友，他們會寫信給我，從世界各地寄來的超級友善信函。」

我點點頭，表示理解。雖然我自己從來沒有寫信給他，但每個國家都會有陌生人寫信給德比厄呂，這一點當然十分合理。叔本華老年的時候也有相同際遇，他收信的心情就與德比厄呂一樣開心。任何一位抱持原創理念的真正激進藝術家，要是能夠活得夠久，一定會因為他持續不懈的堅持被全世界所接納，而且就算是沒有受到崇高的愛戴，也會得到尊重，就連那些討厭他立場的人也不例外。

不過，這位德國老哲學家與法國老畫家之間，還是有個顯著差異。叔本華在七十多歲過壽的時候，收到蜂擁而至的祝賀，這是他理應得到的讚頌與支持。然而，德比厄呂雖然也同樣充滿感激，但似乎卻很困惑，甚至覺得自己不配收到這類的信件。

「費格瑞斯先生，但我一點也不後悔來到佛羅里達州，你們這裡的陽光對我很好。」

「你的工作呢？也一切順利嗎？」

「藝術家——」他緊盯我的雙眼，「——可以在任何地方工作，你說是吧？」

我清了一下喉嚨，找回自己原來的音調，「德比厄呂先生，我相當尊重您的藝術立場與隱私，其實，光是坐在這裡與您談話，喝下您準備的新鮮柳橙汁——」

他修正我的用詞，「新鮮的冷凍果汁。」

「……實在很榮幸，莫大的榮幸。我明瞭您相當抗拒讓社會大眾與藝評家看到您的作品，這一點我也不怪您。不過，您還是偶爾會允許少數幾名傑出的藝評家觀看您的作品、並且發表專論。就我所知，您在佛羅里達州只待了幾個月而已，不知道您是否已經完成了任何畫作，願意讓美國藝評家欣賞一下。但要是您有成品的話，這將是我的殊榮——」

「費格瑞斯先生，你是畫家嗎？」

「不是。我在大學時修了許多美術課，知道自己永遠不可能成為成功畫家。很遺憾，其實，我的天賦是寫作，而且我擅長的是技巧，而不是創作。但身為藝評家，我的技巧確實高人一等。老實說，要是看到您在美國的畫作，除了可以讓我個人享受到莫大喜悅之外，要是在我的雜誌裡刊出深度的獨家報導，更將成為我的一大成就。雜誌的銷量會大增，也可以讓我接到其他藝術期刊酬勞優厚的邀稿。您也很清楚，光是您任何一幅作品的一張照片，都足以成為藝壇大新聞，能夠讓我們贏得國際關注——」

「你有在雕刻嗎？還是搞拼貼？陶器？」

「沒有。」我覺得自己的怒氣快憋不住了，只能拚命忍耐，「完全沒有，只要是與手作有關的領域，我就是不行。」

「不過，費格瑞斯先生，我不懂。你的藝評文章非常敏銳，我不明白你為什麼沒畫畫或是——」

「這一點曾經讓我極為傷心，但現在我已經沒事了。我很努力，但就是畫不好——我覺得自己就是太笨手笨腳。要不是因為我培養出優秀的語言能力，恐怕連討生活都成問題。」

貝瑞妮絲害羞開口，「德比厄呂先生，我得去洗手間。」

「沒問題，」德比厄呂走到吧檯桌前面，指了一下走廊，「最遠的那一道門。」

趁她去上廁所的時候，我也下了高腳凳，望著德比厄呂背後的那道走廊。想必貝瑞妮絲一定覺得很無聊，不過她得去上廁所倒不是託辭，一定是真的有需要。那道小小的走廊除了前頭的廁所之外，在盡頭還有面對面的兩道門，其中一道門加了掛鎖，另一道沒有。那道門鎖有沉重的金屬搭扣，很可能是德比厄呂的工作室，先前應是原屋主的主臥房。

我打開立可拍相機的皮套，檢查彈出式閃光燈，是否有可用的燈泡。

「這台相機，」我說道，「操作方法超級簡單，就連八歲小孩也幾乎可以萬無一失拍出精采照片。」我哈哈大笑，「不過，我浪費了十卷底片才學到要怎麼操作這鬼東西，很好笑，我知道。打字也是，我必須得慢慢學，我也一樣笨手笨腳。我上了兩次打字課，但是那套指觸系統對我來說太過複雜，」我伸出雙手的食指與中指，「我必須靠這四根手指打字，所以你也不難理解我為什麼沒辦法畫畫。真是痛苦萬分，所以我必須放棄，不想再繼續傷心下去了。」

他盯著我，表情充滿興味，然後，伸出食指撫弄他的鷹勾鼻。

我語氣歉然，「我知道自己有點蠢。」

「費格瑞斯先生，不，不是這樣，藝評家——所有的藝評家——都會勾起我的濃厚興趣。」

「其實，成因相當簡單。我本來打算要成為藝術與學齡前兒童領域的專家，或者至少也是權威，問題的癥結是這樣的，我們人類在五歲之前可以學習到大多數的運動能力，要是有個會為小孩打點一切的媽媽——比方說會幫忙綁鞋帶、刷牙、餵食諸如此類的小事，那麼小孩就不會自己動手。過了五、六歲之後，等到必須自己處理一切的時候，好比說入學之後，想要熟悉靈活度與運動力道的控制就已經太遲了，而這卻是之後想要成為畫家的必要能力。過分擔心小孩的媽媽，也就是說，伺候小孩、不讓他們動手動腳的那些媽媽們，不小心就毀了有潛力的藝術家。」

「你有沒有把這個理論寫出來？」

我點點頭，「有，一本名為《藝術與學齡前兒童》的小書，我之後會送你一本。為什麼某些心理質素本來適合畫家的人，最後在藝術領域的表現卻一塌糊塗，這本書解釋了部分的原因。不過，這不是理論，而是事實。但書中我漏提了一個重點，這些人還是有機會以藝術家的身分在世間立足。要是他們體認到自己的問題，就可以重新導向其他不需要大量靈活度的藝術活動。」

「像是什麼？」德比厄呂顯然是興趣濃厚。

「寫詩、創作電子音樂，甚至是建築。已故的艾迪森・麥茲納，明明沒辦法拿尖頭木棒在沙地裡畫直線，但是卻成了南佛州的重要建築師。他在棕櫚灘的作品——現在依然留存的那些建築——都設計得很美，而且他對於其他佛羅里達的建築也影響甚鉅，尤其是東海岸地區。」

我停頓了一會兒，然後恍然大悟。德比厄呂在玩弄我——玩弄我！——這是江湖老招之一，而我居然就像是那些菜鳥記者一樣上當了。對於那些已經有受訪經驗的聰明人來說，了解受訪者的興趣，自然是輕而易舉。然後，他只需要不斷丟問題給受訪者，最後的結果就成了自己訪問自己！天真開心聊了許久之後，記者帶著愉快的心情向受訪者告別，等到坐在打字機前面、痛苦萬分的時候，才會恍然大悟，原來自己完全沒有採訪到任何內容可以下筆。

廁所傳來了沖水聲。德比厄呂一派客氣，等我繼續講下去，但我卻搖了搖杯中的柳橙汁，慢慢啜飲，等待貝瑞妮絲回來，然後，我也假稱自己也得去一下洗手間。

當然，我還是帶著相機，立刻打開了走道左側、也就是上鎖大門對面的那道門。

我悄悄掩上，迅速掃視整個房間，要是德比厄呂有畫掛在這裡，我會馬上拍下照片。不過，牆上卻只有一張畫，《小徑盡頭》的便宜黑框廉價印刷品——古老的印第安人坐在疲憊不堪的坐騎上面。在一九三〇年代，全美的下層中產階級家中幾乎都有一張《小徑盡頭》，我萬萬沒想到德比厄呂的臥室也會有這東西。可能是小氣的卡西迪把它掛在牆上，也或是原屋主原封不動留在那裡。但我依然猜不透德比厄呂怎麼能夠忍受那張土裡土氣的畫，除非，可能是因為這幅畫背後的諷刺意涵讓他覺得有意思，當然，八成就是這原因吧。

這間臥室十分簡樸。一張原為雙併用途的單人床，蘋果綠的床單——沒有床罩，未塗漆的松木高腳五斗櫃、白色瓷板的鑄鐵床邊桌，還有張為了湊數的查爾斯・伊姆斯的紅色塑膠椅放在床鋪旁邊。房內有天花板燈，但是沒有檯燈。德比厄呂是虛無主義者，個性恬淡，他的日常生活就像是他的藝術創作一樣，但我還是對這位畫家充滿了同情。我覺得，這麼偉大的人物，到了老年，卻只有這些用品，真是令人不勝唏噓。至於衣櫃或是五斗櫃抽屜，我就不碰了，不需要去搜查他的衣物。

我在廁所裡緊張兮兮解完尿，打開水龍頭，在水盆裡面洗手。隨後打開了鏡櫃，想要知道他在裡面放了哪些藥。要是他有什麼慢性病或是哪裡不舒服，他所使用的藥品就可以提供有利線索，也許可以成為值得書寫的材料。但只有善寧（可以幫助氣喘、肺氣腫，以及支氣管病症患者緩解呼吸困難的袪痰藥物）、三塊「艾慕拉維」（這是一種「無皂成分」的香皂——我發現這位畫家的雙手早已出現過於乾燥的問題），這個浴室櫃裡完全看不出有什麼異常之處。珠母殼的直把刮鬍刀、裝了刮鬍皂與刷具的杯子、一瓶藍綠色的漱口水、用了一半的「史托利普」牌牙膏、綠色的威斯特醫生塑膠牙刷、拜耳的一百粒裝阿斯匹靈，防潮棉花已經不見了，就這樣，連把梳子都沒有。不過德比厄呂的頭光溜溜，宛若去了皮的杏仁，根本也不需要梳子。除了長期租用的汽車旅館房間之外，這是我看過最陽春的美國浴室藥櫃。

我回到客廳，正好聽到貝瑞妮絲開口問道：「德比厄呂先生，獨自住在這裡，不覺得寂寞嗎？」

他微笑，拍了拍她的手，搖搖頭。

「孤單是藝術家的天性，」我自己幫他開口回答，「不過，畫家有自己的工作得完成，這是某種豐富的慰償。」

「我知道，」貝瑞妮絲說道，「可是這裡太偏遠了，德比厄呂先生，你必須弄輛車子，這樣才可以在晚上的時候去達尼亞玩玩壁網球什麼的。」

「不，不需要，」他雖然反駁，還是輕拍著她的手，「我太老了，沒辦法學開車。」

「你可以收些學生，」貝瑞妮絲好熱心，「一定會有一大堆學生想要在你的工作室一起畫畫！我保證他們一定會從四面八方開車過來找你——」她面向我，「一定是這樣，詹姆斯你說是不是？」

德比厄呂哈哈大笑，我也是，不過我覺得貝瑞妮絲的滑稽表情更逗趣——既生氣又疑惑——因為我們兩個都在笑她。對於地位相當的其他畫家來說，比方說，畢卡索吧，這種學生與大師共事的提議的確可行。不過，對於不願把作品示人的德比厄呂來說，這個構想太荒謬了。剛才德比厄呂成功轉移了我的話題，現在我也該提起正事了。

我深情款款摟住貝瑞妮絲的腰，輕輕捏了她一下，示意請她保持安靜。「德比厄呂先生，你先前沒有回答我的問題，」我態度嚴肅，「雖然我們侵犯了你的隱私，但你對我的態度一直很和善，對我們兩個都是。但我真的很想觀賞您的近作——」

他嘆了一口氣，「費格瑞斯先生，抱歉，」他聳肩，「我沒有作品給你看。」

「什麼都沒有？就連草圖也沒有？」

他面色幽幽，低垂嘴角，「作品是有的，不過我在佛羅里達州弄的東西根本不值得你費神關注。」

「何不讓我自行判斷？」

他勉強擠出的笑臉充滿倦意，但那尊嚴外顯的表情讓五官顯得十分堅毅，他壓低聲音，變得沙啞微弱，「費格瑞斯先生，藝術家作品的最後判斷者，只有他本人。」

我的臉瞬間赧紅，「請不要誤會我的意思，」我立刻開始解釋，「剛才我脫口而出，其實沒那個意思。我的本意不是要批判或評價您的作品，我只是想要表達自己的期望，能夠由我自己來判斷我是否想要仔細觀賞，我當然很樂意，那將是我的一大榮幸。」

「不行。很抱歉，但我必須拒絕。你是藝評家，你一定會忍不住，對你來說，看畫就是為了要予以評價。我不想要你的評價，我只為了德比厄呂而畫。我讓自己開心，也會讓自己不開心。要是有個像你這樣的年輕人，開口對我說道：『啊，德比厄呂先生，這個角落要是能來一點赤土色，也許可以強化視覺重量……』或是『我喜歡這種渾厚的質感，但是我覺得我在這整個構圖中發現了漏洞……』」他發出乾笑，「費格瑞斯先生，我必須說，不行。」

「您這樣就太羞辱我了，」我說道，「我知道的確有您所描述的那種藝評家，但我不是那種人。」我的臉龐已經變得火燙，但還是能控制住音調。

「在德比厄呂的藝術之中，一人就已成眾。我，德比厄呂，兩人已經是喧囂的觀眾，而要是還有一個拿著筆的觀眾，也就是藝評家，那就等於有了成千上萬的觀眾。

費格瑞斯先生，超現實主義不需要你的闡述，而德比厄呂也不會畫什麼所謂的『雙頭的半人半馬怪物』。」

我搖頭。

貝瑞妮絲望著我的臉龐，「他就是不肯讓你看他的畫，對吧？」

她一臉靦腆，面向德比厄呂，「德比厄呂先生，搞不好你願意給我看那些畫嘍？」

他退了好幾步，以讚賞的目光欣賞她的胴體，「親愛的，妳屁股很大，妳要是想生出一堆健康的漂亮寶寶，絕對不成問題。」

「他講這些話的意思，就是我也不能看？對嗎？」

「不然呢？」我聳肩，點了根香菸。

果然不出我所料，德比厄呂並不喜歡蓋特對他的評論。我可以開口求他，但這一招會讓我自己覺得很噁心。如果他有這樣的感受，那麼，繼續死纏爛打也是枉然。就某方面來說，他對我的認知完全正確，我不可能看過他的作品之後卻不發表任何評論。雖然我不會說出對他作品不利的話，但無論我有什麼感覺，想必會有跡象外露——可能有好有壞——鐵定會在我的臉上顯現出來。要是他真的覺得自己的畫作沒那個價值（雖然他的藝術評斷能力絕對比不上我），那麼我現在也只能接受他的說法。我覺得自己快哭了，這是我人生中最失落的時刻之一。

「德比厄呂先生，也許就日後再另找時間吧。」

「對，也許吧。」他若有所思，撫摸自己的硬挺鼻梁，端詳我的臉，那種態度並不是粗魯，而是真誠。他瞄了一下通往上鎖工作室的那道走廊，然後目光又飄回到我身上，對貝瑞妮絲微笑，似乎有心事，伸手輕拉下唇。我猜他早已預料到我會和他陷入冗長複雜的爭論，現在我無力反駁，他不知道是覺得該感激還是大失所望？

「費格瑞斯先生，有件事想要請你說明一下。大家都叫我『虛無超現實主義者』，但我一直不明白為什麼？你也看到了，我這間小屋子裡面有多麼凌亂吧？」

「並沒有，」我四處張望，「一點都不亂。」

對於藝術家而言，混亂無序的狀態實屬常態。畫家這種「階級」，就是生活得亂七八糟的一群人。藝術家有收集東西的習慣，同心圓花紋的老舊木板、形狀有趣的石頭、一團鐵絲、貝殼，只要是他們有興趣的形狀或是顏色，各式各樣的東西都不會放過。比方說，一塊木頭吧，雕塑家可能會把它扔在一旁不管，塵封多年之後，才終於參透要做什麼，終於把它拿出來、雕出作品。

就大多數的狀況來說，畫家比雕塑家更雜亂無章。哪裡都可以打草稿，一疊疊的素描散落各處，而且住處塞滿了各式各樣的道具，毫無任何價值的垃圾，他們需要這些物品提供視覺刺激與靈感。這樣的散亂並非只侷限在工作室裡面而已，通常也會滲透到他們的日常生活習慣之中，包括了廚房與浴室。

而像是德比厄呂這樣的超現實派畫家，必須處理許多離奇的並置構圖，自家與工作室自然得要擺放一堆毫無關聯的物件。不過，話說回來，德比厄呂是畫家裡的異數。我對於其他藝術家生活習慣的經驗，幾乎沒辦法套用在他身上。而且，我並沒有，還沒有，看到他工作室裡面的狀況……

「你也看得出來，我是個井然有序、愛清潔的老人，我個性一向如此，即便年輕時也一樣。所以，我根本不算是超現實主義者吧，對不對？」

「這是相對性的詞彙，」我禮貌回道，「是某種方便的標籤。『超現實主義者』或是『次現實主義者』都具有這樣的功能。『達達』這個詞語本身在一開始也只是個包山包海的詞彙，但是那句格言，『達達好痛』，當它被真正實踐或是到達造型藝術層次的時候，對我來說相當重要，其實，現在依然還是如此。不過，我一直認為『超現實主義』是一種誤稱。」

「德比厄呂不喜歡任何標籤，德比厄呂就是德比厄呂。我非常尊敬馬歇爾．杜象，他也不喜歡標籤。你記得那段故事嗎？曾經有位年輕作家期望得到杜象的允許、為他撰寫傳記，然後杜象是怎麼回應的？」

「不記得。」

「當對方要求杜象提供個人私密資訊的時候，他什麼都沒說。他不假思索，把書桌所有抽屜裡的東西全倒在地板上，然後走出了房間。」

「某種存在主義式的行為。」我從來沒聽說過這故事。

「費格瑞斯先生，這又是另一個標籤，你說是吧？」他咂了一下舌頭，「所以地板上堆滿了各種雜物，多年來莫名其妙一直堆在書桌裡的小東西，隨手拍的照片、別人寫給他或是他自己寫的小字條，還有來自朋友、敵人、女朋友們的過往信件，而且，還有這個？——塗鴉，小鉛筆畫的潦草圖案。刻意保存的漂亮的郵戳，可能是因為來自國外的吧。還有，戲院的票根。」說完之後，他聳了一下肩膀。

「這聽起來很像是我紐約的書桌。」

「不過，這就是杜象的自傳。這個聰明的年輕人拿起地板上的一切，走人。他把所有東西都貼在某本大剪貼簿裡面，將它命名為《馬歇爾・杜象的傳記》，然後把它賣給住在德州的某個有錢猶太人。」

「奇怪，我從來沒聽說過這件事。我以為我已經知道了杜象已經公諸於世的一切……」

「那個靠書桌雜物『撰寫』杜象傳記的年輕人也跟你抱持一樣的看法。」

「不過，」我說道，「我還是想看一下那本書。有關杜象的所有細微線索都很重要，因為有助於我們了解他的藝術。」

這位藝術家聳肩，「沒有這樣的書。這故事純屬杜撰——是我自己瞎編的，多年前，我把這消息散布給一些朋友，想知道後來會發生什麼事。因為這本來就很像是杜象的行為。許多與你一樣信以為真的人也想要看那本書。藝術家的生活殘跡並沒有辦法解釋那個人，也無法解釋那位藝術家的作品，真正的藝術家視角來自這裡。」他拍了拍自己的前額。

現在，德比厄呂面無表情，我無法判斷他是認真的？或是在耍我？還是對我有了敵意？他面向貝瑞妮絲，微笑，雙手握住她的右手，開始對她說英語。

「要是一個男人有妻有子，也許可以寫個短短的傳記留給家人，一份可以讓他們長念於心的紀錄……不過老德比厄呂沒有妻小、也沒有在世的親戚會想要這樣的書。親愛的，真正的藝術家責任沉重，沒辦法結婚成家。」

貝瑞妮絲柔聲問道：「因為責任太重大，沒辦法談戀愛？」

「不，他的生命中一定要有愛。」

我清了清喉嚨，「德比厄呂先生，全世界都是藝術家的家人。全球有無數的熱愛藝術者想要閱讀您的傳記。我知道，寫信給您的那些人一定有這種想法，還有——」

他拍了一下我的手臂，「我們當朋友就好。你的神情這麼嚴肅，討論這種無意義的話題，就太不夠朋友了。現在時間已晚，就請兩位留下來跟我一起用餐吧。」

「非常謝謝，這是我們的榮幸。」他突然轉變話題，不過，我要是能夠待得越久，就越有機會取得關於這個老人的線索，或者，其實不然？

「太好了！」他來回摩擦乾燥的雙手，發出了刺耳聲響，「首先，我要開電爐，調到攝氏兩百二十度。我沒有菜單，但你們還是有不同的選擇。其中之一是火雞電視餐，很好吃，還有薩利斯博利牛排電視餐，也非常可口。或者，費格瑞斯先生，也許你最想吃的是庭院晚餐？玉米捲餅、墨西哥粽、西班牙米，還有豆泥。」

「不要，」我回道，「我想吃火雞。」

「我要薩利斯博利牛排，」貝瑞妮絲說道，「讓我來幫忙——」

「不需要。德比厄呂也要吃火雞！」他開心微笑，轉身走向電爐，卻慢慢轉移方向，走到了餐具櫃前面，拿出一盒「皮克尼克」牌的黃色叉子與湯匙，而抽屜裡有一組四張的黏滑塑膠餐墊，他把餐墊與塑膠餐具盒交給了貝瑞妮絲，請她放在門廊的牌桌上面。

我悶悶不樂，看著他們忙著做家事，內心一陣酸楚，目前，除了聽到他講出難以令人引發興趣的閒聊式評論之外，我幾乎沒有從這位老藝術家身上挖掘出任何有趣的線索。如果真有什麼進展，那就是他對我了解的程度，更勝於我對他的了解。他拒絕讓我觀看他的作品，就在他即將要敞開心胸的那一瞬間，他卻又關上了蓋口，而裡面可能蘊藏了一堆令人目不暇給的作品。他是個謎樣的老人，而我無法判斷他是不是有老年痴呆（不是，不是那樣）、看不起我、也許心中暗藏有什麼目的，又或是……

德比厄呂從紫色的「肯統」牌冰箱冷凍庫取出了電視餐，然後又拆開紙盒，拿出包著鋁箔紙的餐點，一邊忙著準備晚餐，還一直用他那破爛的假聲、吟唱著某首法文歌。

無論他怎麼貶低自己，可能是假謙虛也可能是真的客氣，他依然是全球的虛無超現實主義大師。我和他對話的時候、一直想要把他當成正常人，這就是我沒辦法從他身上套出任何話的原因。任何一個與世隔絕時間長達人生四分之三的藝術家，一定是超現實主義者，不然就是瘋了。不過，德比厄呂就與我所見過的其他藝術家一樣，十分正常。雖然他強調自己不是超現實主義者，但這一點反而更加證實了他明明就是，不然是什麼呢？這是超現實主義的刻意非理性的基本原理，這是關鍵，但到底是什麼的關鍵？

怎麼可能有人像他這樣過著與世隔絕的日子——沒有電話、電視或是收音機——好幾個月過去了卻沒有發瘋？就連史懷哲自我放逐到非洲、獨自在進行器官摘除手術的時候，身邊也擠滿了一堆生了病、想要揩油的黑人……

這些思緒讓我快要抓破了頭，我的心頭飄忽不定，突然想到了某個絕妙好點子，簡單明確，害我差點就疏忽了。這個念頭還沒有具體成形，但我不想就這麼讓它給溜走了。貝瑞妮絲把三張格網戶外椅擺在門廊的桌旁，然後，又進入了客廳，我趁機抓住她的手腕。

「等一下我會做出一件很不尋常的事，」我低聲說道，「不過，無論出現什麼狀況，絕對不要透露任何風聲，知道嗎？」

她點點頭，澄藍色的眼眸瞪得好大。

德比厄呂從廚房出來，拍了一下我的手錶，「有時候我沒有辦法聽到電爐定時器的聲音，所以就請你幫我們注意一下時間。三十五分鐘之後，你喊一聲『時間到了』，我們就可以開動吃晚餐！」他對著貝瑞妮絲露出那南瓜燈的笑容，「就這麼簡單，對太太們來說，電視餐是一種比電視還要更偉大的發明。親愛的，妳說是不是？」

「哦，當然。」貝瑞妮絲笑得好燦爛。

「好，德比厄呂先生，」我從吧檯桌拿起自己的拍立得相機，「我知道這東西令人好奇，至少你一定有很多疑問。而我把它帶來了，你可以在十秒鐘之內看到成果。趁我們在等晚餐的時候，我可以幫你拍一些照片，一直拍到出現你滿意的那張為止，反正你隨時可以撕掉，這樣沒問題吧？」

「只需要十秒鐘？就可以有照片？」

「真的，也許室內需要十五秒，拍照與對比顯像需要多一點時間。」

他微微蹙眉，開始伸手搓弄白色短鬚，「我沒修鬍子……」

我什麼都不管了，講得天花亂墜，「如果是在照片裡，那就一點也不重要，既然是黑白照片，絕對沒有人看得出來。」

他陷入遲疑，目光警覺，但顯然陷入搖擺，「我是不是該戴個領結？」

「不，這不是正式照片，不需要。」趁他還沒改變心意，我趕緊挽住他的手臂，帶引他走到咖啡桌前面，拿起了那一份《邁阿密前鋒報》，翻到分類廣告頁，打開，將報紙塞到他手中。

「嗯，你就攤開報紙，假裝在看報，如果想微笑，沒問題，但不需要勉強。」

他有些害羞，聽從我的簡單指示乖乖照做。我開始對著他調焦，把模式設為「暗光」，然後我請他略微放低手臂，確保他的臉與鬍子會入鏡，而且，從觀景窗看過去，也可以拍到《邁阿密前鋒報》與「分類廣告」的報頭。我走到前面，碰了一下他的手。

「不要動，」我提醒他，「請不要改變位置或是抬頭看我，我會在後方拍照。」

這是我實踐密謀計畫的最後時刻，應該就只有這麼一次機會而已。我假裝大力咳嗽，掩蓋摩擦登喜路的點火聲響，點燃了報紙的下方，過了一會兒之後，我往後退了約兩公尺，瞇眼盯著觀景窗，時機抓得恰到好處。彈出式閃光燈泡亮了，我幾乎是立刻按下快門，而火焰也已經燒透了他側邊的報紙部分，他趕緊把它丟掉，嚇得大叫。貝瑞妮絲本來一直在旁邊看，眼睛鼓凸，右手緊摀著嘴，她開始尖叫，趕緊向前踩熄著火的報紙。我也一起幫忙，我們只花了一點時間、就完全熄滅了磨石子地板上的火焰。

我本來以為德比厄呂會出現憤怒反應，但他只是一臉疑惑，「為什麼？」他輕聲問道，「你點火燒報紙嗎？我不明白。」簾門透入的微風，將報紙的焦黑灰燼吹得到處都是，也弄髒了乾淨的地板。

我大笑，舉起食指，「等等，給我十秒鐘，你就會看到照片了。」

我十分興奮，動作也變得笨拙，但我還是從容不迫，小心翼翼拉出開始顯像的相紙，我不打算擔心瞎猜，而是直接盯著手錶上的秒針，等了整整十二秒，讓顯影劑完成定影。

這位老藝術家極為好奇，就像個小孩子似的，挨著我的肩膀，看著我打開相機的後方、取出照片。我把那張照片正面朝上、放在吧檯桌上面，他立刻爆出一陣陣的開心大笑，嚇了我一大跳。

「不可以碰它！」我大聲制止他，趕緊把照片移開，讓他絕對搆不到。「我必須要先上保護膜。」我把那張照片對齊桌緣，然後把裝有保護膜黏液的套管、對著照片刷了八次，這是我有史以來拍過精緻至極的最佳照片。

這位老先生正好在照片的正中央，面露睿智又充滿感染力的美好笑容，看起來在專心閱讀《前鋒報》的廣告，根本不在乎這個世界。他的表情相當寧和，而臉上的蝕刻深紋十分鮮明銳利，宛若黑墨一樣幽深。當我在拍照的時候，他完全沒有注意到著火的報紙，但無論是誰在看那份報紙，都不可能猜到我會做出那樣的舉動。報紙的下半部已經被燒得火紅，就算是專業模特兒，在知情的狀況下擺出這種手持著火報紙的姿態，臉部表情一定還是看得出些許焦慮。不過，這位老人呢，細瘦大腿就在火焰的正下方，全然天真的臉龐，再加上從鬆軟白鬍之間露出的泛漾微笑，宛若正在土耳其浴澡堂裡享受寧靜之夜。

德比厄呂看著我在上保護膜，但他依然很猴急，想要觸摸那張照片，我趕緊伸出手臂阻擋、保護它順利凝乾。

「讓我看啦。」他講話的語氣好幼稚。

「要是你現在碰它的話，」我耐心解釋，「就會留下你的指紋，一切就毀了。」

「費格瑞斯先生，你真是厲害，」他態度溫善，「我想要這張照片，這是我看過最傑出的超現實作品！」

其實我的心情就和他一樣雀躍，「沒問題，我會給你的，」我開心回道，「其實，如果你想要的話，等我回到紐約之後，我會寄五十張照片給你，你通訊名單裡頭的每一個朋友也都會收到一份。」

3

德比厄呂同意讓我保留並出版這張照片的那一刻，我趕緊衝出去，打開車門，從置物箱裡面拿出我們雜誌的制式授權發行表格（大型雜誌社都會自行印製），那是一份受訪者與雜誌之間的簡單協議，確保印行出版一切合法，保障彼此的權益。不過就是同意刊登一張照片，也不可能搞什麼鬼。當然，德比厄呂可以看英文，但是表格牽涉到的法律用語逼得我花一些時間解釋，才能讓他簽名。德比厄呂不是愚蠢也不是刻意要整我，他只是一開始的時候太天真，以為口頭承諾就夠了。

由於我們忙著在討論這東西，所以晚餐已經好了，我們也沒發現。我忘了看錶，幸虧貝瑞妮絲聽到了電爐定時器的聲音、聞到了微焦味道。

待在加了紗窗的門廊，其實還算舒服。我們在天光漸暗的黃昏時刻，坐在燭光牌桌前吃著雜牌的可怕電視餐，微風送爽，雖然還是很熱，但已經相對涼快許多。

購買這些晚餐的是每週三過來為老先生洗衣、處理吃重打掃工作的黑人女傭，她每兩週都會固定採買食物，挑的都是這些便宜的電視餐食物，應該污了不少伙食費。我沒有直接點破，但是我開始討論起品牌，還有品牌名稱的謬誤，最後又列了張短短的清單，寫下有哪些值得購買的冷凍食品、讓他可以安心選購。

也不知道為什麼，他居然有一種冷凍食品比新鮮食物更好的錯覺。貝瑞妮絲淡淡告訴他並非如此，不過，當她看到我搖頭的時候，立刻轉換話題，開始聊美國的酒。德比厄呂不相信加州的酒，但我又在冷凍食物清單後面加了幾款納帕山谷的酒，他說他會一試。除了自來水之外，他就只喝冷凍柳橙汁，因為這裡的法國酒太昂貴。

黃金海岸約有三十多公里的內陸地帶，從朱庇特的偏僻地帶道拉戈島——屬於熱帶地區，而不是許多人誤解的亞熱帶地區。熱帶地區是受到墨西哥灣暖流的熱氣所影響，它與海岸線之間的距離還不到十公里，邁阿密與西貢的氣候幾乎所差無幾。德比厄呂的住所，位於佛州大沼澤地與某處黑水沼澤的中央地帶，潮濕得要命。吃完了乾柴般的火雞晚餐之後，我的嘴巴簡直像是脫水了一樣，我又倒了一杯柳橙汁（這是我的第四杯），同時也發現這位老先生越來越焦慮，或者應該說是不耐。受邀共進晚餐，我經驗豐富，我的直覺是主人想要送客了。

天色轉暗，從瘀藍色成了龍膽紫，現在不過才傍晚六點三十幾分而已。對他來說，現在上床也未免太早了一點，不過，就連一向不太會察言觀色的貝瑞妮絲，也發現這位老畫家侷促不安。她在桌子的另一頭對我眨眼，以明顯的大動作敲了敲她的手腕，還擺出可笑的姿勢聳肩，我點頭，把椅子往後退了一點。

「德比厄呂先生，這頓燭光晚餐真是美味，」我基於禮貌撒了謊，「但是我今晚在棕櫚灘另外與人有約，我們還得開車趕回去。」

「好啊，」他起身回道，「但請你們再等我一下。是這樣的，我也早該準備出發了，今晚我要去看電影，每天晚上我都會出門去看電影。」然後，他又繼續補充說道：「現在我必須更換衣服。」

我傻乎乎問道：「電影？」

他臉龐為之一亮，迅速摩擦雙手，「啊呀，是啊，也許你沒注意到——狄克西汽車電影院……」他伸手指向它的大約方向，「今晚有三部長片，兩部是鮑爾利兄弟的電影，還有一部是有關狼人，在播放正常電影之前，通常會有兩部、有時候甚至是三部卡通短片。今晚的第一部長片是《鮑爾利兄弟大戰科學怪人》，超級強片是吧？要是你願意載我——」

「當然沒問題，」我十分熱心，「載您過去是我的榮幸。」

「一開始的時候，我什麼都不知道，」德比厄呂回憶過往，咯咯笑個不停，「真是好玩。我剛來這裡的某個夜晚，出去散步，看到許多車輛駛入狄克西汽車電影院，我不知道這種美國文化，我以為一定要開車才能進去這種戲院。以前我沒看過這種汽車電影，所以我就在想，『何不詢問一下經理，是否能讓我步行進去看片呢？』所以我就去找經理，也就是亞伯特．普萊斯先生，他讓我進去，還給了我銀髮族的會員年卡。」德比厄呂從屁股口袋裡取出皮夾，拿出會員卡，持卡購票可享八五折優待。他得意洋洋拿給我們看，上面的名字是尤金．V．德布斯。

貝瑞妮絲露出微笑，「他人真好。」

「普萊斯先生真的很善良，」德比厄呂小心翼翼將會員卡放回他的小牛皮薄皮夾，「他向我解釋，在點心吧檯前面有非常棒的座位，開車進來的父母們有時候會讓小孩坐在那裡，沒有開車的客人也可以入座。座位區的右邊有鋅板溜滑梯，還有小小的鞦韆，是那些電影看不下去的小朋友的遊樂園。我喜歡小孩——畢竟我是法國人——不過，卡通結束之後，那些遊樂園裡的小朋友發出的噪音就太可怕了。這種安排對坐在車內、有喇叭的父母來說很方便，但對我並沒有好處，我覺得太吵。普萊斯先生現在與我成了好友，他每天晚上都會為我保留一個座位，還替我準備專用耳機，戴上耳機之後，我就只聽得到電影的聲音，再也沒有小孩的噪音。」

我微笑問道：「您聽得懂美式英語嗎？鮑爾利兄弟講話的那種調調？」

「不行，沒辦法全部聽懂，」他神情認真，「但這並不重要。鮑爾利兄弟是非常了不起的喜劇演員——超現實主義的演員，你說是不是？我喜歡亨茲．霍爾先生，他真的很好笑。上個禮拜的某個晚上，他們連續播了三部電影，某對布爾喬亞夫婦和他們的新家，『凱特爸爸與媽媽』，我很喜歡他們，還有約翰．韋恩。」他猛搖手指，簡直像是被電爐燙到一樣，「吼！他是硬漢吧，對不對？」

「對，的確是。不過，德比厄呂先生，您又讓我大吃一驚，沒想到您喜歡看電影。」

「晚上看電影心情很愉快，」他聳肩，「而且我也喜歡葡萄剉冰，費格瑞斯先生，你喜歡嗎？」

「我已經很久沒吃了。」

「很好，點心吧檯有賣，十五分美元。」

「德比厄呂先生，您每天晚上靠步行來回，路途相當漫長，既然你沒看過這些懷舊電影，何不乾脆買台電視機？電視台每天晚上都會播出至少六部電影，而且——」

「不需要，」他很死忠，「這建議不好。普萊斯先生已經向我解釋過了，電視有害眼睛，他說，盯著那小螢幕一兩個小時之後，就會造成嚴重頭疼。」

我本來想反駁，但還是決定不要開口，點菸就好。德比厄呂先行離開、進入臥室。我把電視餐盤裡那一坨黏糊糊的假蔓越莓醬當成菸灰缸、捻熄了香菸，現在的我口乾舌燥，已經沒辦法繼續抽菸。

「妳的包包裡有沒有鎮定劑？」

「沒有，但我應該有一顆利他能。」貝瑞妮絲拉開包包抽繩，開始找藥盒。

「好，等妳拿出來的時候，再給我兩顆益斯得寧。」

「我只有布洛芬——」

我拿了兩顆布洛芬，還有那顆小小的利他能，以剩下的柳橙汁全部送入口中。

我輕聲說道：「看來我們最後會有轉機。」

「這話什麼意思？」

「妳覺得我講這話是什麼意思？」

她又露出那種每次都會激怒我的茫然眼神，「我不知道。」

「沒關係，之後再說吧。」

過了幾分鐘之後，德比厄呂身著他的「影迷服」出來了。原來的短袖馬球衫換成了正式長袖襯衫，而且連領口的釦子都扣得好好的，還外加袖釦。他還換了短褲，改穿棉質長褲，而且還把白襪拉出來、蓋住褲管，以單車夾固定。加上他的球鞋與海軍藍貝雷帽，簡直像是某間高級網球俱樂部裡的人瑞會員，他的左手還拎了一雙「鐵男孩」牌的工作手套。這身裝扮非常特殊，不過，想要待在蚊子侵擾的汽車電影院五、六個小時之久，這的確是相當實用的標準服裝。

德比厄呂鎖了大門，將鑰匙丟在某個乾枯杜鵑花的紅陶土花盆裡面，跟在我們後面、一起上車。貝瑞妮絲坐在中間，我小心翼翼駛過那條通往高速公路的野草荒徑，這位老先生開始聊起蚊子與防治之道。他的摯友普萊斯先生有一台巨大的噴霧機，放在卡車上面，在電影放映前會繞著場地噴灑，中場休息的時候會再來一次，不過，德比厄呂先生必須一直戴手套，因為蚊子大軍攻勢猛烈，會一路跟隨他回家。她告訴他有個防蚊液的牌子叫作「費斯卓」，大力推薦。

我實在不想聽到他們乏善可陳的對話內容。不過，他現在的心思都是看電影，想趁最後機會、詢問他有關藝術創作的任何問題，都已經太遲了。

我把車停在車道售票窗口前不遠的地方，準備向他道別。我把印有雜誌紐約辦公室地址與電話的名片給了他，趕緊又補了一段話，要是他改變心意，想要讓我看畫的話，隨時可以打電話給我，由我來支付電話費。他不耐點頭，根本沒看那張名片，直接把它丟入襯衫口袋。我們握手，迅速一上一下。貝瑞妮絲輕啄了一下他的鬍子，他下車了。等到我把車掉頭的時候，他已經消失在黑漆漆的電影院之中。我上了高速公路，馬上就聽到了音樂與卡通瘋狂啄木鳥的笑聲，貝瑞妮絲嘆氣。

「怎麼了？」

「哦，我只是在想，」她說道，「我們耽誤他也太久了，現在他得要等到中場休息才能買他的葡萄剉冰。」

「是啦，還真可憐。」

4

我把車開入德比厄呂的私人道路，停車，關掉車燈。貝瑞妮絲正打算開口，卻被我搶先一步，「我先說，妳等一下再開口。然後，妳要是有任何問題，就直接問出來。我現在要去看德比厄呂的畫，他說他畫了一些作品，我知道他放在工作室裡面，我不能空手而返，沒辦法給卡西迪先生交代。」

「為什麼不行？」

「這是我們之間的協議，就算我不拿畫——這一點我是覺得不可能——我還是得親眼看一下，要是妳不懂得我的心情，妳就是太不了解我了。」

「我了解，但這很危險——」

「既然德比厄呂在看電影，現在進屋反而比較安全。他把鑰匙丟在門廊的花盆裡，妳也看到了，不是嗎？」

「但是工作室依然上鎖，而且——」

「我不希望妳繼續牽扯下去，不過，我希望妳守在公路這邊，以防萬一有狀況。德比厄呂可能會想到鑰匙的事，想回頭帶在身邊。我覺得不可能，但要是他這麼做的話，妳可以跑過來警告我，我們就立刻脫身，可以嗎？」

「我不能一個人待在這種黑漆漆的地方！我會怕，而且這裡都是蚊子，我想要跟你一起去！」

「我們這樣是浪費時間。我當破門而入的小偷就算了，但這對妳來說卻茲事體大——妳畢竟是老師。沒有什麼好怕的——只不過蚊子的問題，我就無能為力了——要是妳真的很害怕，我可以載妳到高速公路的加油站，妳可以躲在女廁裡，把門鎖好，之後我會回去找妳。」

「我不想把自己鎖在——」

「下車，我想要趕快解決這檔麻煩事。」

「把你的香菸給我。」

我把抽剩下一半的菸盒交給她，而不是那盒未拆封的全滿菸盒，她心不甘情不願下了車，「你要多久啊？」

「我不知道，這要看我得研究多少張畫。」

「不要，詹姆斯，就這麼簡單！」

「靠，為什麼？」

「因為德比厄呂不想給你看，這就是原因！」

「那不算。」

「詹姆斯，等你回來的時候，我——我搞不好已經不在這了。」

「很好！要是這樣的話，我萬一被抓到，就可以說妳今晚根本沒有和我在一起，也不會讓妳沾惹任何麻煩。」

我關掉車燈，緩緩前進，不過一進入松林、進入第一個彎道的時候，又打開了車燈。其實不帶貝瑞妮絲過來，也沒有什麼正當藉口，只有一個原因，就是我不想要她跟過來，也就是說，沒有合理的理由。她站在路邊的高大野草叢裡面，看起來好可憐。也許是因為我覺得她會礙事，或者一路上拚命在講話。或者是……我潛意識裡的某種感覺發出警告，等一下我會發現的某個秘密。當我把車停在屋前的時候，一度出現回去找她的念頭。不過，我還是下了車，留下大亮的車燈。

大雨淨化後的空氣，讓那寥寥幾顆肉眼可見的星星的位置，似乎比平常還要高。現在還沒有月光，夜色一片墨黑，屋後的黑色沼澤有隻孤單的鱷魚在發情狂吼。對於藝術家來說，這地點實在太淒慘太荒涼了。幸好這位老畫家每天晚上還有個地方可以去——而且原因不只是因為要闖入這房子太容易了。如果我一個人得一直住在這裡的話，我也會很期待看到鮑爾利兄弟的電影與三部彩色卡通片。

德比厄呂「藏匿」鑰匙顯然是日常習慣，以免在步行往返電影院的路途中不慎遺落。我猜他一定沒想到我會偷偷使用這把鑰匙、闖入他的空屋。不過，我真的不知道自己的心態，我覺得這沒什麼，就算有罪惡感，也十分淺薄，就與專業的小偷差不多吧。小偷必須要討生活，為了要偷東西，必須要闖入某間大門深鎖的屋子裡面，偷走他想要到手、卻被屋主設下重重保護的那些東西。我無意傷害這位老藝術家，要是我拿了畫，而且我只會拿一張，反正，德比厄呂還是可以繼續創作。除了在腦海中留下看畫的記憶——以及拍攝幾張照片之外——我不會再拿其他東西，自然不需要有任何的罪惡感。

所以我不明白自己為什麼口乾舌燥，血液凝滯不動，胃部附近肌肉緊繃，而且我呼吸的速度顯然也越來越快。出現這些焦慮的症狀，真是太奇怪了。那位老先生正坐在汽車電影院裡面，還有耳機緊緊夾住他的耳朵，就算我被他發現，他最多也只是驚愕而已。他傷不了我，而且也幾乎不可能報警。不過，我是生手，從來沒有闖入過別人家中，所以我猜我的焦慮來源是自己的心中小劇場，覺得自己正要進行一場浪漫冒險。不過，等到我打開大門門鎖，推門而入之後，我必須要鼓起好大的勇氣、才敢伸手打開客廳的電燈開關。

從窗戶外面透入的光線，亮度應該是足夠，我走回停車處不會有問題。我回頭，關掉了車燈，又從後車廂裡拿了輪胎撬棒與鐵鎚、匆匆衝回屋內，不過，這些工具都派不上用場。

通往工作室的唯一阻礙就是那道搭扣與沉重的掛鎖。只要能夠破解，德比厄呂就絕對不會猜到我又回來這裡。而且，要是這位藝術家擔心會弄丟自己家裡的鑰匙，似乎也不可能會把工作室掛鎖的鑰匙帶去電影院。

我逐一打開電燈開關，同時開始東翻西找，廚房裡是一無所獲，我又到了臥室。高腳五斗櫃上面有個黃銅鐵絲環，上面掛了兩把鑰匙，兩把一模一樣。我拿它打開掛鎖，推開工作室的門，打開牆壁上的那一排電源開關。藍白色的光線緩緩閃動數次之後，冰冷強光映亮了這間宛若車庫的無窗空間。十二根螢光燈管，三根一組（兩根藍白色，一根黃色），平行排列，布滿了天花板。在這樣的冷色調光線之下，首先映入眼簾的是剛封死兩扇窗戶的新工事所留下的漆痕，雖然牆上早已塗了一層新的白色亮漆，但殘跡還是很明顯。

我眨眼，適應了強烈的頂光之後，關上房門。狂跳的心臟已經準備要迎接不同凡響、獨一無二的視覺藝術奇蹟，不過，我並沒有看到什麼大魚大肉與美酒，連麵包與水也付之闕如。

裡面有許多畫布，至少有二十幾幅，而且這些空白畫布的尺寸都一樣，全部都是二十四乘以三十英寸，固定在白色畫架上，堆成一疊，靠在西面的牆，畫架是一般美術用品店可以找得到的那種低價款式。我檢查了每一張閃亮發白的畫布，完全沒有顏料或是炭筆的痕跡。

工作室的西北角放了張簇新的鋼灰色書桌，還配了相襯的椅子，坐墊是淺灰色假皮。桌上有個水果罐，裡面全是削好的鉛筆與原子筆，還有個正方形的紙鎮（略有放大功能），壓住了幾封信件以及一份漂亮的桌曆（色彩繽紛明亮的義大利產品，由米蘭的「阿佛耶里與雷夸」所製造）。我完全不顧羞恥心，開始閱讀紙鎮下的那兩封信。

其中一封是某個巴黎剪報服務公司的通知函，有本新出版藝術史圖集的前言提了兩次德比厄呂的名字，不過，由於那本圖集相當昂貴，經理已經寫信給出版社，為德比厄呂索討贈書，等到一寄來——如果真的會收到的話——他一定會馬上寄給德比厄呂。此外，還有《巴黎晚報》的許多剪報，某份未署名的曼．雷巴黎回顧展評論，裡面提到了德比厄呂，還有其他十多名藝術家，都是在一九二〇年代熟識曼．雷的達達主義者。

德比厄呂已經回覆了那位巴黎剪報服務公司的經理，歪七扭八的草體，筆跡超細小，想必是使用了那個有放大鏡功能的紙鎮。他只是告訴那位經理，要是拿到免費贈書的話，不需要寄送過來；就算是沒拿到，也不需要買書，然後，完全沒有結語，只剩下德比厄呂的姓氏簽名（巨大的大寫D裡面包含了後面的一連串小寫字母），這種署名方式相當獨特。我摺好那封信，放入自己連身服胸前的口袋。

我逐一檢查書桌的未上鎖抽屜，找不到任何有趣的東西，只翻出一本剪貼簿。尺寸是十乘以十二英寸，灰色硬紙板封皮，使用過的頁數還不到一半，從第一篇剪報到最後一篇剪報所涵蓋的時間，總共是十八個月。大部分的早期剪報內容是有關燒毀他別墅的那場大火，各家報紙的新聞內容大同小異。比較近期的報導，內容就比較簡短——比方說，在曼．雷的藝評當中提到了他的名字。其他抽屜裡的東西都很正常，文具、補充用品、郵票、膠水、放在牛皮紙裡的信件——對於具有整齊癖好的人來說，這一點不太正常，可能是因為他們不太喜歡使用書桌抽屜。

書桌旁邊有個兩層的胡桃木貼皮書架，裡面大約有三十本書，大部分都是平裝本，五本「黑色系列」出版的警探小說、三本西莫儂的小說、兩本切斯特．希姆斯的作品、帕斯卡的《思想錄》、《從卡里加里博士到希特勒》、《高達論高達》，還有一本薩繆爾．貝克特的親簽版《論普魯斯特》，還有幾本我從來沒聽過名字的法國作家的小說。精裝本都磨損得相當嚴重，有法英字典與法德字典，都是圖書館參考書的大尺寸，快被翻爛的《阿爾卑斯山的少女》（德文版）、叔本華《作為意志和表象的世界》的上下冊盒裝版本（也是德文版）、《惡之華》，還有一本奧古斯特．赫普曼作者親簽的《德比厄呂》。我好想偷那本貝克特親簽的《論普魯斯特》，這是他的小書房裡面唯一讓我流口水的書，但我還是忍住衝動，趕緊把這些書的書名抄在我的筆記本裡面。

除了這些書之外，還有好幾疊整齊的藝術雜誌，也包括了《精緻藝術：美洲地區》，一切都是以時間序列排列，最新一期的放在每一疊的最上面，靠在牆上。我本來想翻找這些雜誌，也許裡面會有草稿，但德比厄呂性喜井然有序，如果會把草圖藏在雜誌裡也太不可思議了。

在工作室的正中央有張槭木工作桌（在家具目錄裡，這種桌子的名稱是「初期美國豐收」桌），而這張桌子呢，桌面物件的排置就十分講究，某個陶土罐裡面放有好幾支駱駝毛的新筆刷，筆桿長度與筆刷寬度不一。以橡皮筋秀氣裹住的四捆炭筆、四罐一夸特裝的亞麻籽油、四罐一夸特裝的松節油，全部都沒有拆封，一長排的特大管油畫顏料，各種顏色一應俱全。

這裡至少有一百管彩色油畫顏料，還有三管鋅白色。這些顏料都沒有被打開過，也沒有擠壓的痕跡。此外，還有一塊透明玻璃板，大約是十二乘以十二英寸，煙燻橡木專業用調色板、一對白色手套（大號尺寸）、十二英寸長的黃銅尺、調色刀、一盒未拆封的色鉛筆、一疊平整的白淨抹布，還有一些從來沒有使用過的美術用品，而這張井然有序的工作桌，根本就跟美術用品展示間裡的陳設一模一樣。

桌子旁邊有一張未上漆的原木A字形畫架，以及一張塗了白色亮漆的廚房金屬高腳椅。畫架上有一塊二十四乘以三十英寸的畫布，根本完全沒碰過。我充滿困惑，而且腹部湧起一股噁心感，我爬上高腳椅、面向畫架，點了根香菸。有一根銀絲，某隻蜘蛛放長的細線，在天花板螢光燈盈滿室內的強光照耀之下、不斷閃動，從帆布的右上角、一直延伸到了地面，而當初留下這一段移動痕跡的蜘蛛早已不見蹤影。

我驚駭莫名，嚇傻了，腦中一直無法產生連貫的思緒，我沒有大笑，也沒有哭出來，直到被香菸燒到手指才回神，而且，還是愣了約一秒鐘左右、才趕緊把菸丟到地上。

德比厄呂這間一塵不染的荒涼工作室，空蕩蕩的程度得就如同我坐在堅硬的金屬高腳凳的心境。

我原本以為會找到一些重要的東西，但什麼都沒有。

我原本以為至少會找到一點什麼東西，但什麼都沒有。

我的心本來已經準備就位、好好欣賞，而我到現在還是無法扭轉心態，不能接受自己其實並沒有完全準備好眼前所看到的畫作。

這裡絕對稱得上是「空無」，絕望至極的「空無」，直到現在，我依然沒有辦法擺脫我的美學重責——這是一種完全無望的「空無」，不見任何一物的「空無」——然而，我面前出現的明明也是某種全力投身藝術表現形式的證據，堅不可摧，也隱約透露我的心靈——至少在一開始的時候——堅拒接受事實。

我必須要想清楚這是怎麼回事。

這個地方與此人之間的提喻關係，完全無法否認。藝術家有工作室：德比厄呂有工作室：德比厄呂是藝術家。

好，其實簡單到不行，德比厄呂每天都在枯坐，一場徒勞的準備，想要畫出他永遠畫不出的作品，等待永遠不會發生的繪圖驚奇之旅。等待，展現無限的耐心等待具體創意現形，畫布已經準備好了，就等待某個可以轉換過去的創意——但是靈感一直沒有來報到，從來沒有。

根據德比厄呂自己的說法，他一天工作四個小時，也就是說，呆坐在空白畫布前的凳子上，從早上八點盯到中午十二點，一個禮拜七天，天天皆如此，等待靈感到來——真的是每一天！就在那一刻，我恍然大悟，雖然所有公開出版的文獻都講得煞有其事，但他其實不只是在某段時期陷入所謂的停頓，也不是在搬到佛羅里達州之後暫時失去了繪畫能力。我雖然沒有其他證據（我自己的眼睛就是強力見證，再加上我訓練有素的直覺），但我知道賈克・德比厄呂從來沒有具體想法，這一生也從未畫過任何一張畫！

德比厄呂是被希望主宰的奴隸。他一直不肯接受自己無法畫畫的事實。而他每一天都必須面對企圖繪畫未果的苦役，以及繼之而來的每日挫敗。歷經每日的失敗，他充滿挫折只能等到第二天重生——每一天都帶來新的機會。他的意志怎麼會這麼堅強？能夠面對這種日復一日的死亡？以及這種完全無法從希望中掙脫的枷鎖？他早決定將自己的一生奉獻給「空無」。

人類最原初的無知狀態，也未必一直要以負面角度看待——我一直是這麼認為的。各種形式以及顏色的全部光譜，嘴巴所能發出的聲響，每日數以千計的視覺與聽覺的認知，不斷滲入我們的五感之中，也許有意識，也許是潛意識層次。

而這所有的畫面與聲響——當然，還有撫觸——都需要藝術性的詮釋。我明白這個基本的大自然真理，當然也就懂得德比厄呂的心情，聰穎敏感如他，在這段呆坐在空白畫布前的悠悠歲月當中，想必有數百個，不，一定是有數千個繪畫的靈感，但他卻無法表達這些構想，只能把它深鎖在腦海之中，阻止它們具體成像，因為他不敢大膽釋放。他害怕冒險，卻步不前——就算只有那麼一點可能性也一樣——無法承擔失敗的風險。他對失敗的恐懼倒不是因為在乎其他人對他的思維，而是擔心他，德比厄呂，這位大藝術家，對於自己已完成作品的想法。當藝術家表達自我卻宣告失敗，或是以行動投入自我表述，卻發現自己沒有能力、而且永遠不可能將心靈之眼所看到的生動畫面定於畫布之上的時候，他將會知道自己成為不了藝術家。

所以，他為什麼需要畫畫？其實，他哪有畫畫的能力？

德比厄呂傾身向前，以顫抖的手指握住一小塊碎裂的炭筆、怯生生想要觸碰亮白畫布，到底有多少次了？還有，他熱切內心的博物館牆面上已經出現了光亮搶眼、修飾完成的大師之作——然後，他的手卻在黑色炭筆距離純白畫布不到一公分的最後一刻，凝滯不動——又有多少次了？

「不不不，還不行！」

恐懼迷亂的神經訊息，將會追過那伸長手臂裡的運動神經元（拱形突觸接合處），而且，總是會在最後一刻之前，在千鈞一髮的瞬間，抖動的手一定會縮回來。那塊純潔的畫布，在接下來的這一天，依然能夠繼續保有純淨，又一次全身而退，不受侵擾。

又一天到來，又是個一事無成、完全沒有任何進展的早晨，但這有什麼差別嗎？已經日正當中，只要他能夠繼續拖拖拉拉，等到明天，今天想到的創意雛形，就暫緩執行，搞不好明天會有更好的想法。既然如此，有什麼差別呢？要是他不會在今天證明自己無法畫出腦中的景象、又或是他沒有畫畫的能力，那麼，他就還有一絲殘存的喘息空間，以及希望。

對於他自己從未嘗試過的技能，他的信心倒是與日俱增。

怎麼會沒有信心呢？難道他沒有努力嘗試嗎？明明有。難道他不是個認真的藝術家嗎？他是。他有沒有哪天漏了執行既定的工作排程？並沒有。他是不是一直深信要努力不懈？——要全心奉獻、痛苦不堪的全神貫注？——必須歷經創作的煎熬過程？對，對啊，真的是深信不疑。

以前誰知道呢？現在不也是很難說？這一天也許很快就會到來，搞不好就是明天！繪畫靈感終於出現，格局與概念十分強烈恢宏，蘸滿顏料的畫筆終於忍不住、開始在畫布上盡情揮灑的燦爛一日！他終於出手，大師畫作於焉而生，降臨問世，是一幅將永存人類心中的巨作！

我們一生中都在保護自己，不要接觸令人心痛的真相，我們就稍微睜一隻眼閉一隻眼——對於在我們視角外緣、拚命想要吸引我們的事物，完全置之不理，以輕微近視的症狀觀看一切——以未免稍微過快的速度接受最方便的答案，而且，總是瞇著眼睛，望向迎面而來的亮光。愛默生曾經寫過這樣的一段話：要是有足夠的光線照耀，就連屍體也會很美麗。

但那根本是鬼扯淡。

太多的光線，也就意味著無法令人承受的真相，而太真實的光線會把人的肉眼灼爛，變成某種半殘盲狀態。這個瞎眼人只能聞到自己生命臭屎的氣味，而且耳朵接收到的聲音也是刺耳雜聲。沒有了視力，生命的絕美一定會消失，消失無蹤！

我想到德比厄呂失去的視力，還有永遠不可能出現在畫布、讓我眼睛為之一亮的創作，滾燙的淚水從我的臉頰不斷潸然落下。

第三部

就算是得以捉摸的事物，
定是無法言傳。

1

我從容不迫，一步一步慢慢來。

我必須要完成的任務，必須要確實執行，不然就白費了。雖然我對貝瑞妮絲的擔憂並沒有消退（她嚇得半死，站在高速公路旁的高大野草叢裡面等我），但既然我已經許下了承諾，要是匆匆忙忙，那就是太躁進了，我可能會因此錯失重要的物品。

我在廚房裡找尋繩子與包裝紙，但完全沒有。我倒是找到了報紙，但以報紙包裹畫布，而且沒有繩子予以綑緊，實在非常不便。水槽下面有好幾個大型的褐色購物袋，我拿了一個，回到工作室，把需要的美術用品全放了進去。我又在走廊的寢具櫃拿了一條乾淨的床單，包住從塑膠畫架上取下的某張新畫布。然後，又抓了幾支駱駝毛筆刷、一罐松節油、一瓶亞麻籽油，以及六管油畫顏料。鎘紅、鉻黃、普魯士藍、鋅白，有了這些之後，我幾乎可以調出自己想要的所有顏色（這是我在第一堂油畫課學到的東西，因為我們的暴君老師沒教什麼東西，但的確有指導我們該如何調出主色），我又加了偏紅的赭褐色與煤煙黑兩管顏料，要是構圖裡牽涉到人像的話，派得上用場，因為它們方便調膚色（其實當時我沒有確切想法，腦中只有一團團亂七八糟的色漩在飄浮）。油畫刀也很有用，所以我同樣丟入袋中，但我並沒有拿走那個昂貴的調色盤。太貴了，很可能會被追查，我可不想因為拿了這東西而被警察逮到。

當然，哪裡都可以買到美術材料，已經準備好的三十乘以二十四英寸畫布也是，不過，我必須使用德比厄呂的東西，以免這幅畫的真實性遭到質疑。為德比厄呂購置一切的卡西迪先生，一定有美術用品店開的收據，上面詳列了項目與品牌，雷克斯美術用品店也會有銷售清單。我心跳飛快，但心情依然很鎮靜，我知道如果真的畫出這張畫、而且會被拿出去開展的話，一定會受到超級嚴格的檢驗。

我把包好的畫布、那一袋美術用品、錘子，以及輪胎撬棒都放入後車廂，然後，回到了工作室。

現在，我遇到了放火的問題。松節油是可燃液體，具有高度可燃性，但是等到著火之後、要讓它繼續保持燃燒，卻沒那麼容易。最後，我還是得求助那疊剩下的《邁阿密論壇報》，把每一頁揉成紙團，然後沾浸一些松節油、再把紙團丟入那張「初期美國豐收」工作桌的下方。

不過，一點燃之後，熊熊火焰十分美麗，我把剩下的那一罐油倒在工作室門口，又把殘留的那幾滴油全送給了桌下的那團火焰。然後，我把那些新畫布丟入烈火之中，退到外頭。火勢需要出風口，所以我讓工作室與大門依然維持開敞狀態。這房子到底會不會燒光光，無關緊要，重點是必須要留下一間被燒得十分乾淨的焦黑工作室。我不希望這裡留有任何的畫作殘跡，而那些簇新的鉛白色畫布，果然立刻著火燃燒。

我很滿意自己的傑作，關了客廳與廚房的燈，上了車。我開到高速公路旁，停下來，但貝瑞妮絲已經不見了。我大喊她名字兩次，頓時陷入恐慌。她會不會已經搭便車回到了棕櫚灘？要是她伸出大拇指，隨便哪個卡車司機看到了都會立刻停下來、把她拎上車。不過，我冷靜下來，站在她原來的位置，不再面向左側的棕櫚灘，反而注意的是汽車電影院的入口，果然看到她站在車道的礫石路面，靠近遮篷的地方。

「為什麼拖這麼久？」那語氣並沒有生氣的意思，她一看到我就如釋重負，能夠再次上車好開心，「我以為你再也不會回來了。」

「抱歉，我也沒想到拖這麼久。」

「有沒有偷——呃，拿到畫？」

「嗯。」

「那些畫長什麼樣子？」

「我會在這裡上國道一號，七號州際公路太多卡車了。」

「你覺得他會在多久之後發現自己的畫不見了？」

「貝瑞妮絲，我得趕回紐約，就是今天晚上。所以一等到我們回去公寓——我就得開始打包——妳的行李剛好也還沒——然後，我開車送妳到機場。要不然的話，妳也可以在這裡多待幾天，反正房租已經付到了這個月底，所以……」

「如果你要去紐約，我也要跟！」

「但這樣有什麼意義呢？妳還有學校的合約，必須回去工作，不是嗎？我接下來會很忙，完全沒有時間陪妳。首先，我得要撰寫德比厄呂的文章，而且現在時間更加緊迫，我得找個地方窩一陣子，妳也知道，我當二房東出租的租約還有一個月才到期。我差不多已經破產了，還得借點錢，而且——」

「詹姆斯，錢不是問題。我的旅支還有將近五百美元，銀行存款超過五千美元，我要一起和你去紐約。」

「好吧，」我勉為其難，「但開車的事妳得要幫我忙。」

「小心！」她尖聲大叫，「差一點就撞到那輛車了！」

「我不是叫妳這樣幫忙，我是說妳也可以幫我開車，我們就可以更充分運用時間。」

「我知道你的意思，但你似乎是把汽車當成了摩托車。至於開車，我們可以兩個小時換手一次。」

「不要，等我累的時候再換手。」

「好。你要怎麼拿回你的二十美元？」

「什麼二十美元？」

「放在電力公司的那筆押金。要是我們今晚離開的話，你就沒辦法請他們斷電、拿回押金。」

「天，我不知道。我看就交給房東處理，請她寄還給我，反正還屋的時候他們本來就會東扣西扣。拜託，貝瑞妮絲，我正在努力集中思緒，現在心頭一片混亂，我不想再聽到什麼狗屁家務事，還有，不要再講那些害我聽了只想要撞牆的無邏輯推理。」

「抱歉。」

「我也是。我們兩個都有錯，但請妳保持安靜就是了。」

「我會的，我不會再開口了！」

「不要再說了！拜託！」

貝瑞妮絲倒抽一口氣，閉上了她的豐唇，而且噘嘴擺臭臉。她的目光緊鎖著擋風玻璃前方，雙手一直在揪擰早已脫下來、放在大腿上面的手套。我是對她大吼大叫沒錯，但我當時暴怒，而且，我也不知道是怎麼了，答應帶她和我一起去紐約，我萬萬不想這樣。寫德比厄呂的文章得花上兩天，搞不好三天的時間——而且我還得處理一下給卡西迪先生的那張畫。這種事情我做不來，但我在紐約認識某些畫家，無論我想要什麼，他們都可以畫出指定內容的油畫，而且都具有職業水準。

但我不能相信任何人，這是我必須獨力完成的任務，畫出符合德比厄呂「美國時期」的作品——就在這個時候，我已經想出了我的文章標題——「德比厄呂：『美國豐收時期』」。這比我先前的標題好多了，而「美國豐收」——這個概念一定是因為他工作室的那張工作桌所帶給我的靈感——將會成為我發想各種相關創意的跳板。

不過，還有貝瑞妮絲，還有，到底該拿她怎麼辦是好——不過，讓她跟著我應該是比較妥當吧？這樣她才不會到處亂跑，看到報紙或是聽廣播而知道失火的消息。媒體會多快知道消息？德比厄呂會不會打電話給卡西迪先生？把這件事說出來？這可能要看火災的嚴重狀況而定。德比厄呂唯一會聯絡的對象也只有卡西迪而已，我很篤定，卡西迪一定會做出正確判斷。他可能會通知新聞媒體，但話說回來，也可能不會。他在採取行動之前，一定會想要知道我是否在起火之前偷了畫。雖然卡西迪可能懷疑是我縱火，但他也沒辦法確定，而且，只要他能夠拿到他的畫，他也根本不會在意其他的「畫作」付之一炬。

距離德比厄呂發現火災、聯絡卡西迪先生，我大概還能爭取三小時左右、或者應該說將近有四小時的空檔。

而貝瑞妮絲呢？最好還是把她留在我身邊，至少現在是如此。等我們到達紐約之後，我可以把她安頓在某間飯店，讓我可以搞定必須完成的工作，然後，我們可以開始討論，進行某種協商。最好的協定內容，當然我可以等一下再琢磨細節，讓她回到杜魯斯、繼續教書到暑假，這樣一來，我們就可以好好思考是否真的深愛對方——可以抱持理智的距離，沒有激情干擾——然後，要是我們依然覺得深愛彼此，千真萬確，那麼我們的這場邂逅就不只是肉體關係，嗯，那麼我們可以在她的兩個月暑假當中，在紐約或是其他地方見面，想想這輩子該怎麼走下去。

我覺得我提出這個說法應該可行，但在我找出時間與她懇談之前，我這一路都必須帶著她。現在要擺脫她，還得要等好幾個小時之後，而我現在真的沒有時間吵架，因為我現在得要把全副心力拿來處理德比厄呂、他的「美國豐收」時期、他的畫，還有我應該要撰寫的文章。

我走萊克沃斯大橋，接A1A州際公路，從島嶼南端進入棕櫚灘，貝瑞妮絲突然在座位裡扭身看著我。

「你知道嗎，我們開車已經超過了四十五分鐘，你從頭到尾都沒講半個字？」

「親愛的，開一點窗戶，」我說道，「才會有新鮮空氣透進來。」

「哦！」她開了車窗，「我從來沒有遇過像你這麼令人火大的男人，都是因為我這麼愛你，所以我憋到現在才告訴你！」

我們把食物留在冰箱裡，罐頭與日常用品也都留在櫃子上面，所以不久之後就完成了打包。我把乾淨衣物收入自己的小行李箱，至於髒衣服，也就是我行李的主要部分，就全部丟進了大型防水置物袋，與我的西裝、長褲以及休閒外套放在一起。趁著貝瑞妮絲在檢查我們是否有遺漏物品的時候，我把自己的行李與打字機扛到車子旁邊、丟入後座。

趁著要回頭拿貝瑞妮絲行李的空檔，我去了女房東家，把電力公司的二十元押金收據交給她，還告訴她可以拿這筆錢請人來打掃。她抱怨這一點點錢連請個女工來打掃都不夠，我繼續說道，我提前支付了租金，多出的差額也可以一起送給她，她居然這樣回我：「費格瑞斯先生，希望你回去紐約一路平安愉快。你要是有時間的話，也許可以從你的西班牙裔哈林區寄張明信片給我。」

她真的超婊，但我對於她講出這種告別的話，也只是聳肩以對，然後，我回到了自己的住所找貝瑞妮絲、幫她拿行李。

我把車先停在里維埃拉海灘的西聯辦公室，發了兩通電報，第一通很簡單，是寄給我的紐約主筆：

留給我五千字的篇幅寫德比厄呂，正開車返回紐約，費格瑞斯

這段話一定會害湯瑪斯·羅素忙得雞飛狗跳，但他還是會為了德比厄呂留空間給我，不然就是撤掉其他已經準備上稿的文章。話說回來，這消息想必讓他無比震驚，不知道該不該相信我的話。不信我的能耐？他可沒那個膽。我把他的長島住家地址以及紐約雜誌社的地址都交給了電報員，還提醒她必須要先打電話通知才能發出電報。那女孩向我保證他在半夜十二點之前一定收得到，換言之，湯瑪斯一定會整夜失眠，嗯，其實我也一樣。

在這個時候，從里維埃拉海灘開到喬瑟夫·卡西迪的皇家棕櫚大樓也只不過二十分鐘的車程而已，然而，寫給他的電報就比較難下筆了。我揉掉了三張草稿，最後寫出以下這段文字，告訴電報員必須要至少等到早上八點之後再派發電報：

緊急狀況。我急需回報紐約雜誌社。我會寫好與寄出畫作。費格瑞斯。

這段話的措辭充滿了模糊空間，但這就是我希望營造的感覺。從我的措辭看來，

他沒辦法確定到底我是否會寫信向他說明「緊急狀況」，也無法確定我是否會從紐約寄出德比厄呂的「畫作」。如果沒有意外的話，這封電報會讓他在答覆媒體詢問有關德比厄呂與這場火災的時候，發言格外小心翼翼，但我知道他一定得公布某些消息。德比厄呂知道不是他自己放的火，但也無從確知是不是我搞的花招，所以鐵定會聯絡卡西迪。要是德比厄呂懷疑這場火是匪徒所為，那麼就算房子只是輕微受損，繼續住在那麼荒僻的地方，恐怕也會讓他心驚膽跳。

貝瑞尼絲因為準備要去紐約而興高采烈，我在忙著派發電報，她乖乖坐在車內，只是在哼唱羅傑斯與哈特二人組的作品，所以不會開口找我聊天，但其實她講的話偶爾會讓我的靈感忽隱忽現。我一直在思考要寫什麼，該如何下筆，尤其是等一下要經過那段筆直、令人腦袋遲鈍的陽光園道，我更加渴求能夠催化文思的各種刺激。

休息站安全島的兩側有加油站，「杜比斯之屋」的餐廳營業區正好就夾在加油站之間，而園道的加油站間距有長有短，由於距離不等，所以沒辦法每隔兩站就停一次（有時候才開了四十五公里就出現了下一個加油站，然而下一個卻隔了九十幾公里），所以幾乎每逢一個加油站就得暫停下來，做出決定。貝瑞妮絲在我們停車之後，總是會去上兩次廁所，喝咖啡前一次，喝完又上一次。對於這樣的耽擱，我什麼都沒說（我是男人，要在高速公路的哪個地方停車解決都不成問題，但要是我向某個來自中西部的女老師說出這樣的建議，我一定是瘋了），而且，過沒多久之後，休息站反而對我很有幫助。坐在吧檯前喝咖啡、盯著我的筆記本，我開始組織那些有關德比厄呂「美國豐收」佛州畫作的紛亂思緒，而且，我在每一站寫下了自己的想法，去蕪存菁，也慢慢為這篇文章建立了雖然複雜、但宛若金字塔式的整體結構。

在匹爾斯堡與伊霍交流道這兩個休息站之間的路段，我暫時讓貝瑞妮絲開車，不過，我卻發現其實自己開車的時候思慮更加清晰，所以我勸她還是靠在我肩頭小睡一下，而且答應她第二天早上讓她開車，讓我可以小睡一下。早晨寒氣逼人，不過，到了早上九點鐘的時候，貝瑞妮絲開著車、進入前往瓦爾德斯塔市中心那條長寬大道的時候，我知道我們得停車了。

要是我不趁現在依然文思泉湧的時候、趕緊寫下有關德比厄呂的評論，那麼，在回到紐約的漫長旅程當中，我的文章就得歷經上百次完全變態的折磨，要是等到那個時候，我一定累得要命，腦袋迷迷糊糊，沒辦法寫下任何字句。我還得處理參考來源、日期、姓名之類的資料，必須到了紐約才能確定，但我可以先完成文章的主體，將那些部分先空著就好。此外，湯瑪斯．羅素一定想要在我一回紐約的時候就立刻看到文章，我也必須在寫文章之前畫出一幅油畫。看著面前的那張畫（無論到底會畫出什麼東西），以文字描述也會比較容易，而且我也可以趁機扯一下其他的畫作。

「貝瑞妮絲，」我開口說道，「我們要在瓦爾德斯塔停下來，不住汽車旅館，而是市中心的飯店，希望找得到。到了飯店之後，我們可以點客房服務送餐，要兩個房間，一個給妳，然後——」

「為什麼要兩個房間？為什麼我不能——」

「親愛的，我知道妳在想什麼，而且妳在我工作的時候一直很安靜，不過，妳也知道當我在絞盡腦汁寫作的時候、妳躡手躡腳走來走去讓我有多麼困擾。我在工作的時候沒時間和妳講話，而且，我一開始寫作之後，除非已經完成了不錯的初稿，不然我絕對不會停手。妳就好好睡午覺，泡澡，妳也很清楚，汽車旅館只有淋浴間而已，然後，傍晚的時候去看場電影。要是我寫作進入狀況，也許晚上可以一起用餐。」

「你應該先小睡幾個鐘頭吧？我小睡了好幾次，但你一直沒有闔眼休息。」

「我會吃兩顆安非他命，我怕自己一入睡靈感就全沒了。」

這次總算能夠與貝瑞妮絲理性溝通。我們開到市中心，停在某間六層樓磚造建築的破爛迎賓篷的入口，「瓦爾德斯塔紋章」飯店。我詢問年邁的黑人門房，不知道飯店是否有停車位。

「先生，有的，」他說道，「您直走，轉彎，就在飯店的地下層，我會請服務生過去在那裡等候，為您拿行李。」

我回頭去找貝瑞妮絲，順手交給那位老人五毛錢的小費。

他打算主動幫忙，「如果您想要待在外頭，我可以幫您停車。」

「不，」我搖搖頭，「我要知道自己車子的確切停車位置。」

他一跛一跛走向旋轉門旁邊的電話，然後，貝瑞妮絲開始打檔起步。

我想要知道自己的車停在哪裡，是因為我打算把貝瑞妮絲安頓好之後、自己再回頭取出畫布與美術用品。服務生已經準備好行李推車在等我們，我們跟他進入電梯，到達大廳。

「麻煩給我們兩間單人房。」我向櫃檯接待人員開口，對方是個看起來頗無趣的中年男子，就連他看到貝瑞妮絲的時候，眼光也沒有為之一亮。

「先生，請問有預約訂房嗎？」

「沒有。」

「好，我可以給您三樓的連通房。」

貝瑞妮絲開口，「好啊。」

「不好，」我微笑，搖搖頭，「還是把房間分開比較好。我得要打字，而且我們開了一整晚的車，打字聲可能會干擾她的睡眠。」

「那就五一〇與五〇五號房，」他那張面無表情的疲倦面孔轉向貝瑞妮絲，「小姐，妳和他的房間就只有走道相隔而已。」

我簽了入住登記卡，趁貝瑞妮絲在簽自己的卡片時，我走到了書報架前面，找尋她最喜歡的雜誌。我遍尋不著，開口詢問玻璃展示櫃後面的那位小姐，《大都會》雜誌是不是賣完了？她緊抿嘴唇，神情嚴肅，從櫃檯下方拿了一本，不發一語放到玻璃櫃檯上面。我給了她一美元，她直接丟入收銀機（要是買「檯面下」的雜誌，得要多支付一點費用）。我追上在電梯口的貝瑞妮絲與那名行李服務生，一起上樓，前往各自的房間。

我給了服務生小費，關門之後的第一件事就是換掉身上的連身服。從大廳裡那位書報攤女子、服務生，還有兩名身著藍色西裝搭配細領帶的男子充滿防備又怒氣沖沖的表情看來（那名櫃檯人員例外，就算我穿小丑短褲進來，他的臉色一定也看不出驚訝之情），紳士不該穿著連身服進入瓦爾德斯塔市區。我當然不希望當我到地下室停車場拿美術材料的時候、引來旁人的注目眼光。我換上灰色休閒褲、白色真絲襯衫、搭配白色錦緞領帶，外穿綠色休閒外套，也就是我唯一沒有起皺的衣物，然後才下樓去地下室停車場拿美術材料。

我搭乘電梯下去、上來，回到自己的房間，全程不到五分鐘。這房間又熱又悶，我把衣服幾乎全脫光了，只剩下內褲，將冷氣調到「涼爽」，然後把畫布斜靠在挺直的階梯狀椅背後面。咖啡桌上有一個巨大的綠色陶瓷菸灰缸，它可以拿來穩住靠在椅背的畫布，同時又可以兼作調色盤。我對著菸灰缸擠了幾坨藍色、黃色、紅色以及白色的顏料，打開松節油與亞麻籽油的罐口，將筆刷放在咖啡桌上、一字排開，然後，盯著畫布。過了十五分鐘之後，我又從書桌前拿了另一張直背椅，坐在上面，繼續盯著畫布。

二十分鐘過去了，我依然盯著那白色的畫布，全身顫抖。

我扭動空調開關，轉為「暖氣」，十五分鐘之後，我的額頭開始冒出汗珠，又黏又濕的汗水從腋窩往下滾流。我關掉空調，想要打開窗戶。巨大的空調佔據了窗戶一半的位置，而窗戶的上半部已經被釘死了，還塗上了深紅色的油漆掩蓋釘頭。不過，還是有台天花板涼扇，開關依然能夠正常運作，六十公分長、搖搖晃晃的扇葉，開始在上頭懶洋洋轉動，房間依然很悶，所以我打開房門，用老式的黃銅扣眼長鉤拴住了門，留了一點空隙，大約是十公分的門縫，沒有人可以從走廊上看到房內的動靜。過了幾分鐘之後，室內變得十分舒爽，從走廊灌入了足夠的新鮮空氣，那台吵得要命又緩慢的天花板吊扇，也開始送出徐徐涼風。

過了一個小時之後，依然很舒爽，我已經抽了三根Kool香菸，還是只能盯著那塊純淨的畫布。終於，我發現自己無法畫出德比厄呂的原創作品，就算我每天在它前面坐四小時也辦不到……

2

我的雙眼炯炯有神，盯著那閃亮的簇新畫布，而我的激昂心跳，因為那兩顆沒用的安非他命的微弱作用，速度又稍微加快了一點點，將我蠢蠢欲動的血液推送到更是躁動不安的指尖。我已經忘了我們日常生活中學到的艱難教訓，白白浪費了兩個小時。在這個「各司其職的時代」，我們只能找出休．海夫納，或者，放寬一點標準，早期的馬龍．白蘭度，可以算是我們當代社會的全能型「文藝復興之人」，面對自己的問題，我處理的手法真是荒腔走板。

我是個只能寫作特定主題的作家，而且是現代藝術——我可以寫，但畫不出來。當然，我可以拿起畫筆揮灑，多少算是可以過得去。我曾經在大學的美術教室裡上過課，後來才決定要投入藝評，就像是某個想要當空軍准將、指揮空軍一號的人，必須得先學會怎麼開飛機。這位將領當然不需要是超級飛行員才能指揮機隊，不過，他之所以能夠坐到這個位置，正是因為他曾經是飛行員、或者是偶爾出班的現役飛行員，他才會明瞭自己轄下的那些飛行員每天會遇到哪些飛行問題。當然，這套體系運作得不是很順暢，因為當初期盼自己能夠駕駛空軍飛機、打算一展抱負的人，幾乎鮮少有機會能夠真正投身這一行，醞釀已久的職涯計畫沒有實現，最後做的卻是幾乎沒有機會開飛機的文書工作。而「厲害」的飛行員，並不表示他能夠成為擅長文書作業的將領，因為，想要遨遊天空的人的天性之中，並沒有熱愛行政作業、精通文書以及紀律的要素。

我曾經學過繪畫，因為我必須要了解畫家會遇到哪些困難，我也曾經教過大學生，因為我如果想要靠當藝術史學者過生活，就只能靠教書賺錢。但我打從一開始、就暗暗下定決心只想當藝評家。雖然我主要的興趣是當代藝術，不過，我在歐洲的那一年，我不屈不撓，仔細踏遍了羅浮宮、佛羅倫斯、羅馬等地的古老畫廊，因為我知道我得要仔細觀察過往的藝術，才能了解當代藝術。

我是作家，不是畫家，畫家的靈感來源是空白的紙張，而不是空白的畫布。我把椅子搬到書桌前，坐在打字機前面，立刻開始寫東西。

這樣就對了。當代畫家準備作畫的時候，其實並沒有既成想法（大多數的狀況是如此），只是拿著炭筆不斷實驗各種線條與形式，這裡畫滿，拿大拇指抹一下，也許可以加一些縱深具體成形，引發興趣，然後，他遲早會得到靈感，完成畫作。他的潛意識主宰一切，最後完成的作品可能會很精采，或者，更常發生的狀況是，就如同大多數的文章一樣，結果慘不忍睹。雖然畫家一開始創作的時候的確有某種構想，但是一等到他動手之後，就會由潛意識接掌，同樣的理論，的確也適用於作家。我們的繪畫或寫作，牽涉到自我意識與潛意識的層次，一開始的時候，最多，也就只有一些相關的記憶片段而已。

所以，當我一坐在打字機前面的時候，文章就立刻有了雛形。靈感一個接著一個而來。我文思泉湧，寫起來就是暢快淋漓，我與德比厄呂的聲譽都全部賭下去了。雖然就某些方面來說，下筆相當輕鬆，但這其實也是我所處理過最艱難的文章之一，因為裡面牽涉到虛構的成分。

遇到要描述德比厄呂畫不出來的那些作品的時候，我的文采也頓時變得黯淡無光。不過，一旦跨越了這道障礙，詮釋這幅畫就很簡單了，因為透過我的心靈之眼，一切都可以清楚具像化。我對於德比厄呂的背景相當熟悉，可以簡述他早期成就的過往細節。而且，濃縮我們的對話內容，為了好讀性稍微做一點美化，再加上一點深奧詞彙引發讀者興趣，也是輕而易舉。也許在每個專業新聞工作者的心中，都參雜了一點小說家的性格。

我的想像力相當豐富，描繪我自己想畫出的那幅畫，絕對不成問題，不過，我卻遇到了概念性的障礙，因為，在一開始的時候，我覺得自己應該要描繪的是德比厄呂想畫的內容，但這條路完全行不通。我沒辦法看到德比厄呂所看到的世界。要是我無法進入他的神秘世界，當然永遠不可能以文字將它轉換為視覺藝術。

我一開始所訂立的詞彙，「美國豐收」，也就是因應所謂的德比厄呂的美國時期的專有名詞，果然提供了我所需要的相關連結，讓我得以描述心中的圖像、予以視覺化。我一開始先使用的是紅、白、藍——法國的神聖三色，也是我們美國國旗的主色。我的腦中看到了這三種顏色，出現在三塊不同的長板，我開始重新安排長板的位置，並置成一整排，位置緊密或鬆散、重疊與地板的方向呈水平或垂直、在某個房間裡隨意安置在三面不同的牆。但一個房間有四面牆，還需要第四塊長板——不是為了均衡，因為這一點並不重要——而是為了變化，為了營造某種井然有序的氣氛。佛羅里達、陽光、柳橙、顯現德比厄呂日薄西山的秋陽。火橘色。但不是一塊百分百火橘色的長板——那將是一種異端，因為德比厄呂雖然歲數已經這麼大了，依然在畫畫、創作、成長。所以那一塊火橘色的參差邊緣需要明亮的藍色邊框，裹住那垂死的太陽，而且一路蔓延、溢出長板邊緣。青鳥藍？還是天空藍？不對，不是天空藍，也不是杜菲藍，因為這就表示得用上鈷顏料，而經年累月之後，鈷藍就會逐漸褪為藍灰色。那就是普魯士藍了，只需要加上一抹孤傲的鋅白，就能營造出淒冷的效果。而且，在這個飯店房間裡，我有一整管的普魯士藍顏料。

質感呢？渾厚豐實的筆觸？越清淡越好，應該要表現出滑順的純色。

這四幅畫，全是三十乘以二十四英寸的規格，是德比厄呂來到佛羅里達州之後的少數作品。這些畫是為了滿足他個人的美學情懷，享受他待在美國的豐收年歲，然而，卻依然遵循了他一貫的虛無超現實主義原則。

每天早上，德比厄呂會在六點鐘之後起床，確切時間要看他的清醒程度而定，然後，他會把紅白藍那三塊長板的其中一幅、掛在那塊永遠置中、火橘藍邊的長板旁邊——而這幅主圖像象徵的就是畫家——畫家的「自我」。至於當天剩餘的時光，他如果不是在構思另一項藝術計畫（他並沒有向作者透露內容），就是研究與思索那兩幅對稱的畫作，它們讓他聯想到美國的多重「昭昭天命」、美國日常生活面向的複雜性，還有他個人對於這個新世界的藝術承諾。

有沒有哪天起床的時候心情十分愉快，想要一次把兩幅、甚至三幅長版，與那幅火橘畫作掛在一起？

他回道：「沒有。」

我一共打了十八頁，總字數是四千三百四十七個字。現在，概念已經有了緊實結構，我可以再寫個十二頁的詮釋性評論，不過，我卻在打算寫出負評的時候收手。難道所有現代藝術作品的評述都必須以肯定論收尾？喬伊斯的《尤里西斯》充滿了「是」的結局、貝克特的小說三部曲之中的「我將走下去」，還有那許多樂於直挺朝天的尖碑與教堂高塔——曾經，也就只有一次，留下了普遍的負評。

我的結論並不是隨便出手，那是對德比厄呂一生與藝術成就的真實又貼切的陳述。我留了兩行空白，在紙上打出頁標「三十」。

突然之間，我變得好累，頸肩背部都在痠痛。我看了一下手錶，六點鐘。我已經飢腸轆轆。除了上三次廁所之外，我在打字機前面坐著不動、已經將近六個小時之久。我起身，伸懶腰，搓揉後頸，走到咖啡桌前面，雙手高舉過頭，拚命抖動，甩去手臂的僵麻感。

我雖然疲倦，但是並沒有睡意。在這麼短的時間之內可以完成這篇文章，我開心得不得了。每一個段落都恰如其分，我知道這是篇傑出的文章，這一生從來沒有過這麼爽快的感受。

我嘆氣，蓋上打字機的保護蓋，把它移到床上，再次坐在書桌前面，開始校正文稿。我改正拼錯的字，修了一些措辭，然後以鉛筆圈出兩個段落之間某個轉接生硬的句子，然後在空白處註記重寫。有個拗口的長句裡出現了三個分號與兩個冒號，不禁讓我哈哈大笑。當初我下筆實在太急促了。我不費吹灰之力，將它縮減為四個清爽又各自獨立的句子——

電話響了，洪亮刺耳的鈴聲，擺明就是要吵醒那種上床前喝得爛醉的出差業務員，我嚇得差點從椅子上跳起來。

貝瑞妮絲聲音沙啞，「我好餓。」

「誰不餓啊？」

「我一直在睡覺。」

「我一直在工作。」

「我已經醒來半小時了，但是太懶了不想下床，你要不要過來陪我？」

「天哪，貝瑞尼絲！我工作了一整天，累得半死。」

「要是你吃點東西，可以緩解疲勞。」

「好，給我一小時，我就收工。」

「要不要點晚餐送上來？」

「不要，我想吃熱騰騰的食物。我從來沒在飯店客房裡吃過熱食，我們待會兒下樓去餐廳。」

「那我先塗指甲油。」

「再過一小時就好。」我丟了這句話，掛上電話。

我讀完了打字稿、校對，最後把它放入牛皮紙袋，塞入讓我安心無虞的行李箱空間。等我到了紐約時，只需要小幅更動即可，僅有兩頁需要改寫。我把畫布、菸灰缸調色盤以及其他美術材料放入衣櫃，可以等到晚餐後再畫畫。

浴室裡的浴缸好大，老式的貓腳浴缸。熱水蒸騰，趁浴缸在放水的時候，我開始刮鬍子。熱水實在太燙了，沒辦法泡澡，我只好一次加一點冷水、慢慢把水溫調整到自己能夠忍受的程度。我慢慢滑入冒著熱煙的單人浴缸，除了頭部之外，全身都浸泡在單人浴缸裡，充分吸收熱氣。背部與肩膀的痠痛逐漸消散。最後，我用冷水淋浴，等到穿上衣服的時候，那感覺就像是整整睡了八個小時之久。我打電話到吧檯，點了兩杯吉普森雞尾酒，吩咐他們送到五一〇房，也就是貝瑞妮絲的房間，然後，開始研究我剛剛從史坦德加油站拿的汽車地圖。

用完晚餐之後，我發現自己完成這張畫只需要一個小時，至多一個半小時。既然文章已經完成，就不需要待在旅館過夜。我不想睡，要是我們兩個輪流開車，大約三十個小時之後就可以到達紐約。要是我把這輛舊車的速度催到時速九十公里以上，那兩個前輪就會開始晃動，不過，從瓦爾德斯塔開到紐約，估計三十個小時應該是相當準確。我的皮夾裡還有四十美元與一些零錢，我的史坦德信用卡可以讓我順利開回紐約，絕對不會有問題，而我不想動用現金。貝瑞妮絲有旅支，可以拿出部分支付飯店帳單。透過房門的隙縫，我聽到服務生正在敲對面五一〇號的房門。我等到貝瑞妮絲簽完帳單、服務生進入電梯之後，才走到另一邊敲她的房門。

貝瑞妮絲充滿婀娜風情，她身著寬鬆外套，藍底搭配零點六公分的檸檬色線條，構成了宛若窗板的格紋，雙排釦的四顆緊密鈕釦全都是真正的青金石。喇叭褲的下半部褲管直徑足足有四十公分，只看得見她白色楔形鞋前方露出的腳趾。她脖子圍了一條古銅色絲巾，而指甲油的顏色則是「真玉」指甲油，色澤宛若乾涸血跡的特殊頹廢紅（有史以來最性感的色澤，充滿了德國三〇年代風情，所以威斯康提特別讓英格麗．圖林在《納粹狂魔》也塗上了這一款指甲油），而且，貝瑞妮絲也塗了口紅搭配美甲。她在棕櫚灘待了六個禮拜，已經學到了某些時尚技巧，但是杜魯斯老師的本質還是沒有消失。

她咯咯笑個不停，指了一下咖啡桌上的托盤，「不是本來應該送上吉普森嗎？」那裡有兩罐吉爾比牌的迷你琴酒，還有史托克的干型香艾酒（琴酒與香艾酒的比例是二比八），某個玻璃水罐裡裝了許多大塊粗冰、不是小冰塊，還有個小玻璃碗裡面裝了小洋蔥。

我聳肩以對，「我想，在喬治亞州的鄉下，他們不能賣混酒。不過，要是妳付小費給服務生，他一定會幫忙，其實——」我扭開那兩瓶迷你琴酒的金屬瓶蓋，

「這樣反而比較好。大多數的酒保都會倒出過多的香艾酒，我寧可自己動手。」

貝瑞妮絲說道：「我只是覺得很好笑。」

我忙著在調吉普森，腦袋裡也在構思一套簡單說詞，在我們離開之前，千萬不要讓貝瑞妮絲靠近我的房間。

「妳今天下午有沒有去看電影？」

她搖頭，啜飲雞尾酒，「我在家鄉的時候從來不曾獨自看電影，陌生城市就更不用說了。詹姆斯，你也知道我不是膽小的人，但有些事不該讓女人家單獨行動，看電影就是其中之一。」

「反正妳還是過了一天。」

「我睡得跟死人一樣。你的文章寫得怎樣了？」

「我正打算要告訴妳，我已經完工了。」

「已經寫完了？詹姆斯，太棒了！」

「這份草稿寫得不錯，」我大方承認，「不過到了紐約的時候還需要一些增補——」

「有提到我嗎？我可不可以看？」

「不行，這篇文章的重點是有關德比厄呂與他的藝術作品，和妳我兩人之間無關。妳哪時候變得對藝術評論這麼有興趣？」我哈哈大笑。

「認識了德比厄呂先生之後啊，」她露出甜笑，「他是我遇過最善良最體貼的老紳士。」

「我覺得還是等我完成最後的草稿、再拿給妳看比較好。所以吃完晚餐之後，我會小睡一下，十二點起來，然後我們離開飯店，上路。要是我們換手開車的話，應該只需要花三十個小時左右就可以抵達紐約。」

「要是我們今晚十二點離開的話，你沒辦法睡太久……」

「我不需要睡太久，而妳已經睡飽了。反正妳又不是打砲打了一整天，今晚也不太需要補眠。」

「詹姆斯，我不是要跟你吵，我只是擔心你——」

「既然這麼說，我們就下樓吃晚餐吧，這樣我可以趕快上樓、在十二點之前小睡一下。」

在我們用餐的時候，貝瑞妮絲問我是否可以讓她看德比厄呂的畫作。但我假稱我已經把它包裝得很完好、放在後車廂，要是有人看到我們在地下室停車場盯著那幅畫，恐怕不太好。我以心照不宣的方式暗示她，那張畫「很熱門」，我們不要引發任何人的懷疑，開口詢問。由於我壓低聲音解釋，所以她神情肅穆點點頭，乖乖接受。

餐點很美味——五分熟的沙朗牛排、成串水煮玉米、秋葵與番茄、焗烤奶油馬鈴薯小黃瓜與洋蔥沙拉，加了真正的新鮮攪打鮮奶油的巧克力布丁，而不是從噴式鮮奶油罐裡擠出來的東西——我全部吃光光了，還有四個熱奶油比司吉（我自己的兩個，還有貝瑞妮絲的那兩個）。吃得這麼豐盛，讓我覺得有些疲倦，喝了兩杯黑咖啡之後，肚子還是脹得很難受，但我還是不想睡。

我簽了帳單，寫下房間號碼，開口說道：「吃完東西，我就想睡了。」

我們離開餐廳、走過大廳，準備搭乘電梯，貝瑞妮絲一路上都挽著我的手，「要不要小睡一下？」她捏了捏我的手臂，「——到我的房間，可以睡得更好？」

「不需要，」我回道，「當我拒絕這種提議的時候，妳也知道我是真的很想睡了。」

我拿了她房間的鑰匙，打開門，與她吻別道晚安，「我會在十一點三十分打電話給妳，再敲妳的房門，妳還是多少睡一下。」

「盡量了，」她回道，「要是不行的話，我會看電視，再給我一個晚安吻……」

雖然我先前沒有關天花板涼扇，但房間又充滿了混濁霉味。過熱又過冷的煎熬，一次就夠了，我不想再被那台功能相反的空調惡搞一次——這麼小的房間，它的冷房噸數也未免太高了——所以我用扣眼長鉤拴門，留了一點門縫。我脫掉內褲與T恤，拿出衣櫃裡的美術用品，準備要開始作畫。

我開始調普魯士藍，以微量的方式、慢慢添加鋅白顏料，弄出了類似空軍制服的顏色。我加了一點松節油，在帆布的底部試畫了一筆，還是太深了。我又混了一點白色，讓那股藍變得更加透亮。然後，我蘸了足夠的稀釋藍色顏料、畫出略微參差不齊的邊緣，寬度控制在二點五公分與七點五公分之間，布滿了長方形的四邊。只要我能夠調配出我期盼的那種火橘色，那麼，填補剩下的空白區域就非常簡單了。但我卻沒想到自己得拖這麼久的時間才大功告成，因為想要調出我心中的色澤、而不是擺在眼前的顏色，並沒有那麼容易。

不過，最後的成果卻很飽滿。不是棕色，也不像是芥末黃，而是某種燒透的火橘色，帶了一抹有感的黃色。我又多準備了一些，確保顏料充足無虞，然後以筆尖蘸抹那一坨光亮的色彩、加入亞麻籽油與松節油，均勻刷在畫布上頭。我從中央部分向外塗，幾乎碰到了藍色框線，然後，換了比較小的筆刷，小心翼翼，補完了剩下的細長空白區域。

我退到牆邊，遠觀完成的作品，覺得藍色邊線的參差程度還不夠，但這個部分只要再花個幾分鐘就可以修補完成，而這幅畫就與我文中描述的一樣精采。其實，在落地燈的映照之下，這幅畫十分明亮，比我預期中的還要好看。

現在我只需要德比厄呂的簽名。

到底要不要簽名，讓我陷入了天人交戰。我不知道該怎麼做才能符合他「美國豐收」時期的行事哲學。但既然那藍邊亮橘色畫作象徵了德比厄呂的「自我」，我認為他要是會落款，鐵定就是這一幅沒錯。我在心中提醒自己，記得要把這一段說明加入我的文章裡——這是德比厄呂第一次簽名的真正畫作（這對卡西迪先生當然是利多，因為他是這張簽名畫的主人！）

德比厄呂寫給法國剪報服務經理的那封信，依然在我的連身服裡面。我把它拿出來，開始研究德比厄呂的複雜字跡，看到這種簽名樣式如此獨特，不禁讓我發出了開心的感嘆。因為，偽造者喜歡花俏的署名：與那些直來直往的簡單簽名相比，複雜的署名反而更容易模仿。有兩種方法可以偽造簽名，第一就是不斷練習，直到毫無破綻為止，這個比較困難。簡單的方法就是把那個簽名顛倒過來，開始描繪，不是直接寫出來，就像是在模仿細筆畫一樣，而這就是我採行的方法。其實，我並不需要把畫布反轉過來，我只需要把德比厄呂的簽名複製在左上方，等到畫作放回正位的時候，簽名自然會落在正常的右下角位置。

不過，我花了許多時間複製簽名，因為我想要把它弄得越小越好，這樣才符合德比厄呂寫信署名的習慣。把第一個字母後面的那一串全部塞在「D」裡面，可沒那麼簡單，而且我還得記得筆觸必須是由下往上，等到畫作反轉之後，簽名看起來才會正常。

「詹姆斯！」

貝瑞妮絲在外頭大喊我的名字。我太專心了，不能確定她呼喚了我一次還是兩次。但已經太遲了。我坐在直背椅、面對畫布，根本來不及轉身看她，更別說站起來了，她早已拉起黃銅長鉤，打開房門，走了進來。

「詹姆斯……」她又喊了我的名字，語氣冷漠，突然停住腳步，手還放在門把上頭。她已經卸了妝，淡粉色雙唇張成了一個大大的O形，盯著我、畫布、矮咖啡桌上的那個臨時調色盤，還有，我本來拿來包裹那些空白畫布的床單，現在被我拿來鋪在充作臨時畫架的椅子附近的地板，以防顏料滴落地毯。

我語氣平靜，「怎樣？」

貝瑞妮絲關上門，整個人靠在那裡，雙手貼住門板，支撐身體重心，「就是現在……電視，」她沒看我，那雙又大又圓的藍色眼眸盯著那幅畫，「……十點半的新聞，主播說德比厄呂的房子燒光光了。」

「還有呢？」

她點點頭，「目前正在進行調查——差不多就是那樣——還有，著名刑事案律師約瑟夫．卡西迪將會接待德比厄呂先生，讓這位畫家入住他的棕櫚灘豪宅。」

我吞嚥口水，點頭。我平常口若懸河，這還是我有生以來第一次變得詞窮。我的心中不斷湧起各式各樣的謊言，但卻一個接著一個被打槍，完全無法講出口。

貝瑞妮絲從另一頭朝我坐的位置走來，「這是德比厄呂先生的畫嗎？」

「對。我得要再研究一下，妳也知道，確定我的文章描述與畫作完全相符。而且這幅畫有點受損——也就是德比厄呂的簽名——所以我覺得我得要再修潤一下。」

貝瑞妮絲把食指壓在畫作的正中央，然後，望著自己指尖上濕答答的污痕。

「哎呀，詹姆斯，」她很不高興，「是你畫出了這張糟糕的畫……！」

3

回首過往（而且面對的是相同狀況），我不確定是否會以不同的手法處理狀況——也許只會有小幅度的變動吧。綜觀古往今來，無知的女人摧毀了許多可敬男性的前途、野心，還有秘密計畫。

我居然讓貝瑞妮絲看到了這張畫，真的要追究起來，怪我自己就乾脆多了。要是我鎖了門，而不是貪圖在飯店房間裡的涼快感，那麼我就可以在她進入房內之前藏起那張畫。仔細省視整個過程，都是我的這個小小失誤毀了一切。不過，真正的問題其實很嚴重——不只是單純的小失誤。這是一連串不幸的巧合，打從一開始我讓貝瑞妮絲搬進來與我同居，就是不智之舉，然後，我又做出了莽撞決定，讓她陪我去德比厄呂的住處。

當然，我現在被抓個正著，就像雙手沾滿鮮血的歹徒一樣——或者，應該說雙手沾滿了火橘色顏料——貝瑞妮絲有了我的把柄，如果，我還想要繼續欺瞞下去的話——我發表文章、把這幅畫寄給約瑟夫．卡西迪，而且還有未來，我的未來，這篇有關德比厄呂的文章發表之後、一定會在藝壇所引發的大轟動。

貝瑞妮絲愛過我，反正她之前講過類似的話已經有許多次了，要是我早就娶了她，也許她就會緊閉嘴巴，終生死守她與我的秘密，其實我覺得很難說，我當時很懷疑，現在依然一樣。愛情，根據我的經驗，只是一種脆弱的暫時性感情狀態。愛的恆久度想要撐到一生一世，根本是遙不可及，一段長久的戀愛關係，也只能持續好幾個月，或者只是幾個禮拜而已。我回想自己在紐約的朋友與認識的那些人——大家都離過婚，男女都一樣，我實在想不出有任何例外。而且，大多數的人離婚的次數，都超過一次以上。我的生活環境就是如此，藝術圈不只是自我中心，而是對整個大環境充滿焦慮，這樣的世界不會引發友誼長存，更不要說婚姻長長久久了，而那就是我所身處的領域……

我還有另一個痛苦的選擇，但如果仔細考慮的話，就未免太愚蠢了一點。我可以毀了這幅《火橘色的異端》（這是我打算為這幅畫取的名稱），撕爛我剛才撰寫的文章，也就是說，我能夠以藝評家留名的最佳機會就這麼沒了。

我現在面對著貝瑞妮絲，這些念頭同時在我腦中翻湧，沒有什麼特殊順序可言。就感情面而言，現在的我只是有點惱火而已，因為我知道我得要解決某個棘手問題，但是卻一籌莫展，至少當下是想不出任何辦法。

「妳可能認為這是『糟糕』的畫，」我對貝瑞妮絲冷冷說道，「妳也有權抱持這種想法，如果，關鍵字就是如果，如果妳能以確實的理由具體說明為什麼這是一幅『糟糕』的畫。如若不然，妳無權評價德比厄呂的作品。」

「我——我真不敢相信你會說出這種話！」貝瑞妮絲搖頭，「你該不會想拿這幅畫充當德比厄呂的的作品吧？」

「那是德比厄呂的畫。我剛才不是告訴妳了嗎？因為運送過程中有輕微受損，所以我必須要修潤一下。」

「詹姆斯，我不是瞎子，」她態度激動，做出無助手勢，而那雙大眼依然緊盯著美術材料與那幅畫，「你拿出這麼粗糙的東西，覺得可以安然無事？難道你不知道卡西迪先生會把這幅畫拿給德比厄呂看嗎？然後那——」

「貝瑞妮絲！」我嚴厲大吼，「這他媽的根本不關妳的事！不要用妳的中西部臭鼻子探人隱私！現在給我滾出去，打包，要是妳二十分鐘之內不打算走人的話，他媽的妳就留在瓦爾德斯塔好了！」

她臉色赭紅，往後退了兩步。點點頭，輕咬下唇，再次點頭，「好啦！顯然有些事我是在狀況外，但這也構不成你對我大吼的理由。至少你可以解釋給我聽，不能因為我疑惑而怪我吧，是不是？嗯，我覺得它看起來就是很滑稽，如此而已！」

我站起來，伸手摟住她的肩頭，給了她一個友善的擁抱。「抱歉，」我語氣溫柔，「還有，不要擔心，我等一下會在車子裡向妳解釋一切。妳乖，趕快去打包就是了，我們才能趕快離開這裡，幾分鐘之後就可以上路，好嗎？」

我打開房門，扶住不動，貝瑞妮絲走向對面、準備進入她房間的時候，還在頻頻點頭。

一等到房門關上，我立刻用床單包住美術用品，以浴缸熱水沖洗菸灰缸調色盤，然後拿毛巾擦乾。我穿上長褲與襯衫，拿了畫，還有那一小包美術用品，搭乘電梯到了地下室停車場。我把那堆東西扔入垃圾桶，把畫小心翼翼放入後車廂，濕面朝上。然後，我又花了三分鐘拆開帆布軟頂車篷，把它捲到後頭，扣上塑膠子母扣。在夜晚的這種時分，開著敞篷車一定會冷斃了，但我可以等一下再把它裝回來。停車場的夜班服務生是一名身著白色工作服的黑人，他站在那亮燈的小辦公室裡面、靜靜看著我奮力拉扯車篷。等到我搞定之後，我走了過去，給了他兩毛五的小費，吩咐他等一下我要退房。

「麻煩你聯絡櫃檯，」我說道，「請值班人員派服務生推車到五一〇與五〇五號房拿我們的行李，約是十五分鐘之後吧。還有，服務生下樓的時候，請他把東西放在我們的後座，因為後車廂裡面已經塞滿了其他東西。」

「先生，遵命。」

我回到房間，不到五分鐘就完成打包，又套了一件無袖毛衣，穿上運動外套。貝瑞妮絲還沒準備好，我幫她關上行李箱，建議她除了那件寬鬆的外套之外，還得多加一件溫暖的馬球外套。服務生推著行李車過來了，我們去了大廳退房，他則繼續搭乘電梯到地下室、將我們的行李放入車中。買單的是貝瑞妮絲，她拿出兩張旅支，奇怪，這感覺就是十分順理成章，那名服務生早在我們退房之前就已經把行李都處理好了。值夜班的櫃檯人員對於我們為什麼要半夜離開倒是沒有多問，而我也不想透露任何資訊。

我們上車的時候，夜氣冰寒，而且在市區馬路約四點五公尺高的地方，籠罩著一層水濕薄霧。我點了兩根香菸，將其中一根拿給了貝瑞妮絲，然後把車停在路邊。她微微顫抖，整個人在座位裡瑟縮成一團。

「妳可能會覺得很奇怪，我為什麼要拉開車篷。」

「對，我的確覺得奇怪。但自從看到你上次對我大吼大叫的模樣之後，已經讓我嚇到了，我不敢再亂發問。」

我哈哈大笑，拍了拍她的大腿，「要是太冷的話，我還是會拉上的。不過，我覺得最好要盡量保持空氣流通，才能讓我保持清醒。其實，現在不算冷，而且晚上到了這種時候車流也不多，所以我們應該要好好利用這樣的大好時機。」

貝瑞妮絲居然接受了這種白痴理由，我們一離開市中心，我就立刻開始加速，進入全新的四線道，道路兩側依然是兩三層樓高的住宅區街道。

根據我剛才研究地圖的結果，我知道瓦爾德斯塔與提夫頓之間有好幾座小湖，也有多處松林保護區，還有許多初生與再生林，是奧古斯塔紙廠的原料來源。大部分的豐沃紅土都已經開發——主要作物是菸草，不過，也包括了西瓜、玉米、豌豆，或是其他農夫想要種植的作物，其中也有亞麻。瓦爾德斯塔的東部是大奧克佛諾基沼澤，佔據了喬治亞州東南部的一大塊區域，此處還有許多把豐厚淤泥水匯入沼澤的小湖以及小溪流。

我對於這條高速公路與鄉間地帶並不熟悉，也不知道自己要去什麼地方，只知道想要找到小松林、沼澤、鮮少有人使用的道路。往瓦爾德斯塔北方走了幾公里之後，進入了空曠鄉間，只看得到零星散落的農舍，我立刻大幅減緩車速，睜大眼睛，找尋通往荒野的小路。貝瑞妮絲一路上都像是殉難烈士一樣沉默不語，同時也必須忍受我的靜默，終於，她開了口。

「所以呢？」

「啊？什麼？」

「我在等你解釋，就這樣。你剛才說你會解釋清楚，你到底還在等什麼？」

「貝瑞妮絲，我一直在思考，現在也恢復了理性。妳真的覺得把那幅畫寄給卡西迪先生不好嗎？」

「詹姆斯，那是你的事。我無權告訴你該怎麼做，但如果你問我的意見，我會說不要。但剛才你也說過了，我不知道你到底要做什麼——所以，除非我已經搞清楚了，不然我還是乖乖收好自己的『中西部臭鼻子』，不要管你的事。」

「親愛的，這一點我得向妳道歉。」

「沒關係。反正我知道自己的鼻子與臉蛋很相襯。不過，你燒了德比厄呂房子的事，一直在我心頭揮之不去，這一點讓我很困擾。」

「我？」我哈哈大笑，「妳為什麼覺得我會做那種事？」

「哦，首先，當我告訴你電視新聞報導火災消息的時候，」她怯生生說道，「你完全沒有流露詫異神色。」

「有什麼好奇怪的？他在法國的別墅也是燒光了。不過，妳覺得是我放的火，倒是讓我嚇了一大跳。」

「那你就說你沒做這種事，我會相信你。」

「我怎麼會有縱火的動機呢？」

「為什麼不直接告訴我有或沒有就是了？」

「小女孩，妳也該長大了，這世界上並沒有是或否這麼簡單的答案——我從來沒有看過這種東西。其實，只有勉強稱得上是或否的答案，而且並不多。」

「好，詹姆斯，我的確想不出什麼合理的動機，我就套用一下你愛用的某個詞彙，『合理』，但想出了某個可能會讓你覺得很合理的動機。我覺得你假造了某篇文章，裡面提到了德比厄呂的某些畫，但他其實根本沒有畫出來。你看了他真正畫的那些畫，一點也不喜歡，也許是因為它們沒有達到你的高標準，或者不符合你的期待，所以你放火燒光了那些畫。然後，你反而自己編出了某些根本不存在的畫作，把它們寫入你的文章裡。」

「天，妳知道這種想法有多麼瘋狂嗎？」

「對，我知道。但你只需要把你寫的文章給我看，就可以證明我的想法真是瘋狂。要是裡面沒有提到那幅怪怪的橘色——」

「火橘色——」

「好，要是沒有在文章中提到那幅火橘色的畫，那你就可以證明是我搞錯了，我道歉，一切到此結束。」

「一切到此結束，就這樣？妳覺得我會原諒妳的胡亂指控？彷彿一切都沒有發生過？」

「我說過可能是我搞錯了，而且我真心盼望是我的問題。證明是我不對，其實很容易，不是嗎？不過，我非常清楚的是，你沒辦法找出理由說服我，證明我弄錯了，你房間裡的那張畫，根本就不是德比厄呂的作品，而是你畫的。當我碰它的時候，明明還是濕的——就連德比厄呂的簽名也一樣。而我覺得你之所以會做這種事，只有一個理由，就是你想要以這幅畫作為撰寫主題，把它偽裝成德比厄呂的畫作。我——我不知道該怎麼想才好，詹姆斯，這整起事件讓我好頭痛。還有，真的——說出來你可能不信——我真的不在乎！千真萬確，我不在乎！但我也不希望你惹麻煩上身。詹姆斯，縱火是很嚴重的犯罪行為。」

「真的假的？」

「這不是在開玩笑，我的話就講到這裡為止。要是你真的放火燒了德比厄呂的房子，你應該要告訴我！」

「為什麼？所以妳因為我犯了縱火罪？要把我交給警察？」

「啊，詹姆斯……」貝瑞妮絲開始大哭，我讓她哭了一分鐘左右，然後，我把自己的手帕交給她，開口說道：「我會告訴妳我接下來的打算。」

她搖搖頭，從自己的包包裡取出面紙，以優雅姿態擤了一下鼻涕。

「貝瑞妮絲，從各方面來看，妳都說得沒錯，」我繼續說道，「我應該直接承認就好。我興奮過頭，完全無法控制自己，但現在亡羊補牢還不算太遲。起火純粹是意外，我不是故意的。那老人先前早已灑出了一些松節油，我不小心掉了香菸，就這麼燒了起來。我以為自己已經把它撲滅了，但看來是再次復燃。妳明白了嗎？」

她點點頭，「我想也是。」

「嗯，這就是事發經過，但畫畫就是另一檔子事了。現在我不知道自己該怎麼全身而退，反正，剩下的機會，就是在最後一刻收手了。我打算丟掉那幅畫，然後，運用我真正採訪取得的資料、重新寫那篇文章。」

「他告訴我們許多有趣的小故事。」

「沒錯。」

右側有一條泥巴路，通往濃密松林。我轉彎，減速到二檔，但因為行駛在沙地，所以必須要保持引擎轉速。

「你要去哪裡？」

「我要先回頭，駛離高速公路，燒了這幅畫。」

「你可以等到早上吧？」

「不要，我想我還是盡早解決比較好。要是我留著它，我可能會改變心意。妳也知道，想要全身而退，一定找得出方法——」

她回得斬釘截鐵，「詹姆斯，不可能的。」

那條沙路，長達約兩公里，終點是一小塊空地，長滿了及膝的野草。周遭全都是再生林，這些樹木要長到能夠再次砍伐的高度，至少還需要個兩年。我留下車燈，關了引擎，不發一語下了車，用鑰匙打開後車廂，拿出了輪胎撬棒。它大約有二十五公分長，相當厚實，扁平的那一端雖然不是十分銳利，但細薄的程度已經足以造成嚴重割傷。我繞到貝瑞妮絲的那一邊，將沉重的鐵棒朝她的頭敲下去。

「啊！」她驚呼一聲，雙手護住頭，面向我，雙眼睜得好大，但面無表情。我的力道不夠猛烈，不然就是錯估了她頭髮的厚度，她盤頭，正好成為緩衝地帶。我又敲了一下她的頭頂，這次更用力，她立刻癱倒在座椅裡。

我打開車門，抓住她馬球大衣的厚重衣領，把她拖下車。她動也不動，重得要命，左腿依然卡在前座。我的右手依然緊抓著輪胎撬棒，只能靠單手拉人，而且還得把她的腿從車門弄出來，她突然抽搐了一下，整個人翻趴在地，頭部朝下，宛若山羊一樣用頭抵撞我的腹部。

我嚇了一大跳，踉蹌後退，肩膀撞到某個裂開的樹木殘根，左肘猛烈著地，正好重創尺骨。我覺得右肩像是著火了一樣，而且撞到骨頭的前臂開始湧現巨大刺痛。我丟掉輪胎撬棒，以左手搓揉右肩，手肘與肩膀的痛感也漸漸消退。貝瑞妮絲的淒厲尖叫聲飄蕩在樹林之間，而且越來越遠，我又拿起了輪胎撬棒。

我關掉車頭燈，靠著她的聲音追蹤去向，但在幽暗森林之中的尖叫卻越來越微弱。貝瑞妮絲就與多數女人一樣，奔跑姿勢古怪，而且及膝外套更阻礙了她的靈活度。我覺得她沒辦法跑遠，但我也追不上她。我也想要跑，但是剛才撞到樹根摔倒，整個人摔在濕地裡，最後也只能改為快走。

尖叫聲沒了，我也停下腳步。突如其來的寂靜把我嚇到了，這是我第一次感受到懼怕。我必須要找到她，要是她順利溜走的話，我就完蛋了——真的會一無所有。

我繼續往前，現在放慢了腳步，找尋地面上的每一處空間，現在我的雙眼已經適應了昏暗光線。樹林上方約三十公尺的高處有一團薄霧，但還有月光，所以我看得越來越清楚。樹木越來越稀疏，濕地也變得更加泥濘。我到了某個沼澤的旁邊，又走了約五十公尺之後，我走到了某個黏滯黑湖的旁邊。我很清楚貝瑞妮絲的個性，她絕對不會躲入髒水之中，更簡單的方式是朝左方前進，所以我就走了過去，我想她也會這麼做。

過了五分鐘之後，我找到了她，正好瞄到她的淺色外套。她俯趴在地，以詭異的姿勢張開雙腿，某株枝葉茂盛的山茱萸蓋住了她的部分身體。我不敢直接碰她，推她的背，把她翻轉過來，一抹淡白月光從樹枝隙縫流瀉而下，正好映照出她滿布鮮血的臉龐與圓睜的雙眼。

我不知道她死了沒，但我必須要確定才行。我知道，我已經再也沒有辦法出力打她。我蹲在她身邊，拉開她的外套，一股巴杜牌的「歡喜」香水氣味盈滿我的鼻腔，讓我心神錯亂了一下。我低下頭，趴在她胸前，聆聽心跳，沒了。貝瑞妮絲已經死亡，但致死原因不是因為我敲打她的頭，而是驚嚇。要是有致命傷的話，不可能跑得這麼遠。從另一方面來看，我們兩個在某些時刻都展現了超人力量的天賦。她是個強壯的女人，氣力比什麼都大，而且為了生存而拚命搏鬥。

不過，我也是。

我把她拖到水邊，把她的屍體藏在某棵倒落在沼澤裡、還有一半露出的樹木下方。我撿拾枯枝、堆滿了樹木浮露的部分，絕對不會有任何人看得到她。德比厄呂知道她和我在一起，要是有人發現她的屍體，而他又知道她遇害的話，一定會立刻告訴卡西迪。現在的狀況是，要是他知悉的時候、尚未收到我撰寫的「美國豐收時期」文章樣張，他一定會告訴卡西迪；但如果他先看到我的文章，一定欣喜若狂，萬萬不敢向任何人提起貝瑞妮絲的名字。他的名聲，還有我的也一樣，全都懸繫於那篇文章。不過，時間很夠，相當充裕，可能要好幾個月之後，甚至是數年之後，才會有人發現她的屍體。

突然之間，我變得軟綿無力，意志消沉，所有的力氣都消失無蹤。我斜靠在最接近自己的那棵樹幹上面，將晚餐全部吐了出來——玉米、番茄與秋葵、多筋的沙朗肉塊、比司吉，無一倖免。我一直喘氣，啜泣，恢復正常呼吸之後，又回到了那株山茱萸的旁邊，拿起輪胎撬棒。上面有我的指紋，而且要是我回紐約的路上遇到爆胎，依然需要這個工具。

我開始往停車處走去，走了五分鐘之後，我發現自己迷路了，立刻陷入驚慌，拔腿狂奔。我腳步踉蹌，摔倒，頭撞到了樹，刮到前額，留下一道疼痛的傷痕。正如佛洛伊德所言，世間沒有意外。我靠著深呼吸壓驚，逼自己坐在濕地，好好冷靜，我背靠著樹，吸菸，吸到只剩下濾嘴而已。我沒事，最後一切都不會有問題。

現在，我比較冷靜了，但雙手依然顫抖不止，最後，又回到了貝瑞妮絲葬身的沼澤小徑。現在我有了方向感，找到了應該是通往停車處的方位，找到了那條沙路，現在距離那處空地與停車處只差了約五十公尺而已，我的臉因為發熱而漲紅，但同時卻因為夜寒而全身顫抖，我趕緊拉上帆布軟頂車篷，發動引擎，終於上路。

兩個禮拜之後，我早已回到了紐約，開始拚命洗車，打算要賣了它，就在這時候，我找到了貝瑞妮絲的某根手指，或者，應該說是一小段吧——塗有真玉指甲油、含有兩截關節的殘指。我拿了一條小手巾、包住那截手指，把它收好。我心想，也許終有那麼一天吧，我可以在毫無恐懼、痛苦或是懊悔的狀況下，仔細端詳這根手指。

4

德比厄呂在「閱讀」那份著火《邁阿密前鋒報》的照片，成了我在《精緻藝術：美洲地區》文章裡的配圖，後來也刊登在《展望》與《新聞週刊》以及《紐約時報週日版》的藝術版面。合眾國際社與我的經紀人討價還價之後，終於買下了這張照片，透過電報寄送訂戶。靠這張照片賺來的錢，讓我買下了自己的第一套訂製西服，外套與長褲，總共是四百美金。

在回紐約的路上，我曾經離開高速公路、到了巴爾的摩。我把貝瑞妮絲的行李寄放在灰狗巴士站裡面的兩個上鎖置物櫃（裡面包括了她的手提包與旅行支票，要是真有那麼一天，這些東西能夠被認領的話，她母親可以用到這筆錢）。我在那裡短暫停留之後，立刻直接開回紐約。

我一進辦公室就看到有五張字條，通知我要馬上回電給約瑟夫・卡西迪，對方會付費，所以我還來不及處理任何事務，就立刻拿起了電話。

他開口問道：「有沒有弄到畫？」

「有，當然啊。」

「好！很好！你幫我保存個幾天，之後就可以寄過來了。是這樣的，我想要把德比厄呂先生安頓在某間高檔養老院，嗯——他不知道你拿走了那張畫吧？」

「不知道，最好永遠不要讓他知道。我在我的文章裡已經提到了那幅畫，但我不會刊出照片。因為我想要在把它寄到棕櫚灘之前，好好拍些《火橘色的異端》的彩色照片，作為最後出版之用，希望你聽得懂我的意思……」

「當然——畫名就是《火橘色的異端》？真棒！」

「對，我應該會再給個附標，自畫像。」

「天哪，詹姆斯，我真是迫不及待！」

「卡西迪先生，等你處理好了，通知我一聲就是了，我會立刻以航空快遞寄給你。」

「不用擔心，我一定會打電話給你。還有，詹姆斯，我絕對不會忘了你的大力幫忙。等到要展出的時候，你將是我的開幕貴賓。」

「謝謝。」

「我現在的問題是要說服德比厄呂搬進養老院。他年紀太大了，生活已經無法自理。要是起火的時候他正在熟睡，早就死了。我一想到那些畫也會毀於大火之中——天啊！」

「他有沒有向你提起那些畫的事？」

「什麼都沒說。你也知道他的個性，似乎完全不受驚擾。大多數的時候，他就是坐在電視機前面看懷舊電影，喝柳橙汁。其實，要過這種日子，住在養老院就可以了。好，反正就等我消息了。這通是長途電話，你知道我意思吧。」

「當然，再見。」

不過，他並沒有再打電話給我。等到他把德比厄呂送到佛羅里達州穆爾本附近的「皇家松林養老院」之後，我把畫作寄給了卡西迪，航空快遞，由對方付費，不過我得先支付保險費，他們才同意寄送過去，再向對方請款。

《精緻藝術：美洲地區》那篇文章出版之後的評論反應，完全和我預期中的一模一樣。《時代》雜誌的卡納代有所保留，而《村聲》雜誌的裴瑞奧特則是大力讚揚，此外，《洛杉磯自由報》也有兩段短文，將這篇文章推薦給南加州的新銳前衛畫家，報紙的曝光率比我預期的還要好。

我真正的焦慮其實是藝術期刊與評論季刊的圈內漣漪。他們的反應出現得很緩慢，因為他們必須要爬梳許多想法。最精采的一篇文章，引來了許多讀者的回信，它刊登在《幽靈》雜誌，作者是皮耶．蒙特蘭德，某位法國的愛國主義者，他認為德比厄呂的「美國豐收」時期是對於戴高樂主義的社會主義式抗拒。真荒謬，但這篇論述文筆優美，而且也充滿了爭議。

由於我拍攝的那張德比厄呂的照片，許多報紙媒體對於德比厄呂神秘移居美國的一切開始捕風捉影。但是我依然對卡西迪先生與那位老先生信守承諾。自從卡西迪先生以假名將德比厄呂送到「皇家松林養老院」之後，我從來沒有透露德比厄呂的佛羅里達地址，卡西迪先生也把他的行蹤掩藏得很好，所以記者根本無從知道他的下落。我把自己文章的樣張、十二張八乘以十英寸的著火報紙照以及我的簽名書《藝術與學齡前兒童》，一起寄給了德比厄呂。他並沒有告知我他已經收到了包裹，但我知道他已經收下了，因為我當初寄出的時候曾經要求附上收件回條。

我回到紐約的第一個禮拜，每天都買《亞特蘭大憲法報》（它的著名格言就是「宛若露水，澤被南方各州」），從頭翻到尾，找尋是否有維爾德斯塔附近發現屍體的新聞。但我不喜歡那份報紙，而且每天搜索這種新聞讓我覺得很可怖，後來我就不買了。要是他們找到她，就隨便他們吧，我也不能怎麼辦。不過，貝瑞妮絲之死，顯然在我心中引發了某種反應，這也是理所當然。倒不是我的良心在作祟，雖然我的反應部分原因的確是出於良心不安。它其實是一種與自我懷疑重疊的某種反思，某種會危害我對於新作品價值判斷的矛盾情結。我將德比厄呂事件封藏在我內心的角落。克服了這種感覺，或者，應該說是某種過度反應。我不再把德比厄呂當成「獨一無二」的畫家，認為他與其他藝術家也沒什麼不同，也不再去思索他與當代藝術主流之間的關係，終於藉此拋卻了自己的矛盾心態。過沒幾個禮拜之後，我就坦然接受了這樣的心理暗示，又恢復了慣常的藝評工作。

我的藝評家名聲並沒有水漲船高，但是工作量卻就此加倍，當然，收入也是。湯瑪斯·羅素幫我調了五十美金的薪水，所以我在這間雜誌社的月薪成了四百五十美元。我的演講費也開始漲價，而且演講的次數越來越頻繁，甚至還包括了在哥倫比亞大學、對主修藝術學生的演講，主題是「當地藝術的新浪潮」——而藝術系給我的演講費是六百美金。我當初是個一貧如洗的研究生，如今能回到母校演講，應該算是這一整年的最高成就。

我的經紀人又賣出了我幾個月之前撰寫、一直無人問津的舊文——其中兩篇還是先前曾經被藝術雜誌拒絕的作品。

我從以前就經常擔任評審，除了僅支付「基本開銷」的藝術展覽之外，還有許多根本沒有拿到半毛錢。現在，我開始接到某些薪酬優渥的藝術評審工作，而且還參與規劃大博物館的重要展覽。我在哈特佛德擔任某項藝展評審的時候，發現赫伯特·威斯特考特也有作品入選。威斯特考特改變了畫風，現在成了浪漫寫實主義，而他精細、幾乎可說是精緻的功力也很適合這種新風格。哈特佛德藝展的主題是反污染，而威斯特考特畫的是一九二五年尼加拉瀑布大噴發。本來這幅畫並沒有入圍一等獎，但我還是想辦法說服了其他評審（博物館館長，還有某位硬邊派畫家毛利・凱茲）將威斯特考特的作品加上評審的特別讚譽，並且給了一千美元的標價。我在棕櫚灘的時候，對待威斯特考特的態度十分惡劣，在葛洛莉亞的畫廊裡直接棄他而去，所以能夠助其一臂之力，我也十分開心——反正這本來就是他理應得到的待遇。

現在我負責評論的書，還包括了以往主筆只會留給自己的那一類書籍——精美、昂貴、有精美插圖的大本藝術書籍——零售價是二十五美元、三十五美元，甚至高達五十美元。這些昂貴的書，在我評論完之後，可以用一半的批發價賣給書商，而這種私下的外快是國稅局查稅員很難追查到的收入。

我再也無法安眠，其實，我根本再也無法入睡了。

我知道德比厄呂一定看了我的文章，雖然我的合理推測是他什麼也不會說，但我也不能肯定他是否會一直保持沉默。我甚至大膽推測那四名歐洲藝評家也一樣編造了無中生有的德比厄呂畫作、當成自己的寫作素材。不過，他們不能告發我，只有德比厄呂可以這麼做，幸好我弄出了那場火災，所以他也無法證明什麼。

不過，到了深夜時分，我會在斷斷續續的睡眠過程中驚醒過來，全身盜汗。在一片漆黑之中，坐在床邊，盡量讓心情放空。我會開始抽菸，一根接著一根，很怕繼續入眠。我會告訴自己，有一天，總有那麼一天，我的惡夢會過去，就此終止。

一年之後，幾乎就是當初我回到紐約的那一天，德比厄呂在佛羅里達州過世。卡西迪先生發了電報給我，請我去參加葬禮。但我有其他工作纏身，無法在通知如此急促的狀況下出發。根據佛州的規定，屍體必須要在二十四小時之內下葬。我寫了訃告——佔了一整頁的黑框悼詞——當然，是為了我的雜誌，因為我是德比厄呂的研究權威，而且已經在即將發行的《國際精緻藝術百科全書》當中、為他寫下了最後的評述。

在德比厄呂過世的十天之後，我在辦公室收到了一個長型的沉重包裹，我在辦公桌上打開了它，看到了已經拆卸的巴洛克畫框，它曾經是德比厄呂名作《一號》。這份在他死後送出的意外大禮讓我哭了出來，這是我在這幾個月之中的第一次嚎啕大哭。除了畫框之外，並沒有個人信件或卡片，德比厄呂也許交代了養老院裡的某人，請對方在他死後把這東西寄給我。不過，他把畫框寄給我，表示我得到了赦免。不只是完全開罪，而且也證明了他對於我所撰寫的「美國豐收」時期評述相當滿意。這麼多藝評家討論過他的作品，但德比厄呂卻獨獨挑選我、成為《一號》的繼承人。

當然，這個已經拆卸的畫框沒有任何真正的價值，我大可以把它賣掉，或是將它捐贈給現代藝術博物館，但我不能對那位老先生做出這種事，他的舉措深深感動了我。

我穿越走廊，打算要把畫框丟入焚化爐。正當我要打開金屬門的時候，發現有隻小小的死蒼蠅被膠帶黏在畫框的旁邊。這個老頭子，雖然年紀一大把了，但記憶力還是相當好。看到蒼蠅之後，我實在沒辦法把這些框材扔進導槽裡面。下班回家的途中，我把那一堆框留在地鐵座位的下方。

由於《火橘色的異端》的關係，我與約瑟夫．卡西迪依然持續保持聯絡。他希望聽取我的建議，到底哪裡才是將它公諸於世的最佳地點？紐約還是芝加哥？我建議他展出畫作的地點應該要改在棕櫚灘，而且要等到明年的熱季，最好是與《國際精緻藝術百科全書》的出版日期越接近越好，因為那裡面有一整頁的畫作全彩照，而且一旁還有我對於那位畫家的蓋棺定論……

……我打開了那本巨冊，找到了我撰寫賈克．德比厄呂的那篇文章。《火橘色的異端》的全彩圖印刷精緻，是原作的美麗複製品。彩色照片的尺寸比較小，通常看起來會比原來的油畫更美，而這張印在昂貴雪銅紙上的彩圖，更散發出宛若光亮黃金般的色澤。

我仔細閱讀自己的文章，沒有任何的拼字錯誤與輸入手誤。文章末端的署名拼字也沒有錯。關於德比厄呂的簡短參考書目與主要評論文章也列在我署名的後方，全部都是五點五號的黑體鉛字，而參考書目裡面也沒有任何的手誤。

我十分滿意，開始翻閱這套百科全書的其他冊本，東看西看，檢視寫作內容與品質，又閱讀了我最愛的某些藝術家的段落——哥雅、艾爾．葛雷柯、皮拉奈西，以及米開朗基羅。

我突然覺得反胃，而且有一股特殊的不祥預感。我剛才看過的這些文章都具有詳實的研究基礎，文筆優美，尤其是皮拉奈西的介紹，但我的胃卻彷彿塞滿了剛開始發酵的生麵團，在我的體內不斷膨脹。我打開書桌抽屜，取出我的黃銅尺，好整以暇，想要確定沒有任何未提，我測量了百科全書的專文欄寸，想要知道哥雅、艾爾．葛雷柯、皮拉奈西、米開朗基羅——以及德比厄呂各分配到多少空間。

哥雅是九點五欄寸，艾爾．葛雷柯十二欄寸，米開朗基羅十四欄寸，而德比厄呂有十六欄寸！就文字篇幅看來，這位老先生成了有史以來最偉大藝術家。

我闔上了書，每一本都是，然後把它們放回板條箱裡面。我點了菸，走到了窗邊。棕櫚灘的奶油色陽光從窗外的鳳凰木灑落而下，在地面上映出許多金色圓點。園丁剛關了噴水器，公寓中庭的深綠色草地依然一片水濕。淡藍色的天空，不見任何雲朵，這裡沒有工業廢煙的污染，天色宛若昂貴的瓶裝水一樣澄淨。屋內有空調，但我才不會因此被騙，我知道外頭陽光耀眼，熱得要命。

不過，我的任務已經結束。德比厄呂贏了所有的人，我也是。世界上再也不會有第二個賈克．德比厄呂，至少我這一生再也遇不到了，而且就算真的有類似他這種等級的人物出現，我也不想再與其交手。身為藝評家，我已經攻頂，沒有更高的目標了，我要怎麼超越自己？在這個領域是不可能了。

至於貝瑞妮絲．荷瑞斯呢？我可以通過這一場試煉嗎？在我的五斗櫃最下方抽屜的雪茄盒裡面，有一張我父親在七歲時拍的照片，還有貝殼（這是我的童年紀念物，我出生在波多黎各，小時候在海邊撿了這東西），此外，還有包在亞麻手巾裡面、貝瑞妮絲的乾癟手指頭。我打開那條手巾，盯著那根皺縮的手指。

凝望許久，完全沒有任何的恐懼、痛苦，或是懊悔。

德比厄呂，以及他的成就，的確值得頌揚，而我已經沒有任何著力的空間。還有別人，其他的藝評家，可以擔任卡西迪在「沼澤俱樂部」展出德比厄呂唯一簽名作的開幕嘉賓。我為貝瑞妮絲．荷里斯之死付出代價的時刻，已經到來。

我淋浴，刮鬍子，穿上手工訂製西裝，搭配白襯衫，紅白藍三色直紋寬版領帶，真絲黑襪，閃亮的高級馬臀皮鞋。

我好整以暇，在傍晚時分悠緩散步，走向西班牙風格的棕櫚灘派出所。沒有人會知道德比厄呂的真實故事，而且，除了我之外，也不會有任何人知道在他被眾人神化過程之中、我所扮演的角色，而我絕對不會說出來。不過，我必須為貝瑞妮絲之死付出代價，在美國功成名就的這個男人必須要負責，這就是美國生活風格，沒有人比我這個離開島嶼多年的波多黎各人更清楚這一點。

派出所裡有一位警官與兩名警員。其中一名警員在執勤，另一個在休班，不過這兩個人的外表都光潔體面，很難分出這兩人有哪裡不同。他們三人都在看《棕櫚生活》，報導棕櫚灘上流社會動態的時尚季刊。那名休班的警員在雜誌裡露臉——一群女子在參觀花園，而他在照片背景中微笑。

「先生，午安，」警官客氣起身，「有什麼需要效勞的地方？」

我點點頭，「警官，午安。」我在桌上打開那條手巾，貝瑞妮絲的手指滾了出來，「我要自首，我犯了謀殺罪。」

Storytella 94

謊畫 The Burnt Orange Heresy

謊畫／查爾斯.威爾佛德作；吳宗璘譯.－初版.－臺北市：春天出版國際,
2020.03
面； 公分.－(Storytella；94)
譯自：The Burnt Orange Heresy
ISBN 978-957-741-256-0(平裝)

874.57　　109001476

ISBN 978-957-741-256-0
Printed in Taiwan

作　者　查爾斯・威爾佛德
譯　者　吳宗璘
總編輯　莊宜勳
主　編　鍾靈

出版者　春天出版國際文化有限公司
地　址　台北市信義路四段458號3樓
電　話　02-7718-0898
傳　眞　02-7718-2388
E－mail　frank.spring@msa.hinet.net
網　址　http://www.bookspring.com.tw
部落格　http://blog.pixnet.net/bookspring
郵政帳號　19705538
戶　名　春天出版國際文化有限公司
法律顧問　蕭顯忠律師事務所
出版日期　二〇二〇年三月初版

定　價　220元

總經銷　楨德圖書事業有限公司
地　址　新北市新店區中興路2段196號8樓
電　話　02-8919-3186
傳　眞　02-8914-5524
香港總代理　一代匯集
地　址　九龍旺角塘尾道64號 龍駒企業大廈10 B&D室
電　話　852-2783-8102
傳　眞　852-2396-0050